国家社会科学基金重大招标项目
「百年中国影视的文学改编文献整理与研究」(18ZDA261)

用文字捕捉影像

何田田 著

吉光片羽

甘肃文化出版社

图书在版编目（CIP）数据

吉光片羽：用文字捕捉光影 / 何田田著. —— 兰州：甘肃文化出版社，2023.6
ISBN 978-7-5490-2636-4

Ⅰ.①吉… Ⅱ.①何… Ⅲ.①中国文学—当代文学—作品综合集 Ⅳ.①I217.2

中国图家版本馆CIP数据核字(2023)第032267号

吉光片羽：用文字捕捉光影
JIGUANGPIANYU：YONG WENZI BUZHUO GUANGYING

何田田 著

责任编辑｜张莎莎
责任校对｜朱翔宇
封面设计｜史春燕

出版发行｜甘肃文化出版社
网　　址｜http://www.gswenhua.cn
投稿邮箱｜gswenhuapress@163.com
地　　址｜兰州市城关区曹家巷1号｜730030(邮编)

营销中心｜贾　莉　王　俊
电　　话｜0931-2131306

印　　刷｜甘肃发展印刷公司
开　　本｜787毫米×1092毫米 1/32
字　　数｜180千
印　　张｜9
版　　次｜2023年6月第1版
印　　次｜2023年6月第1次
书　　号｜ISBN 978-7-5490-2636-4
定　　价｜62.00元

版权所有 违者必究 (举报电话：0931-2131306)
(图书如出现印装质量问题，请与我们联系)

安妥自己的灵魂

——写在何田田《吉光片羽》出版前

徐兆寿

认识何田田大约是在 2010 年前后。那时她刚到西北师范大学旅游学院工作，是硕士刚刚毕业。彼时我正好是旅游学院副院长，同时又到复旦大学去读博士，所以没怎么说过话。2011 年暑假时，我带老师们去韩国考察旅游，在机场与她才有简短的交流。2012 年 6 月我又被调到传媒学院，再见面时便是路上打个招呼。所以她给我的第一印象是外语专业出身，英语水平很好。

2018 年的冬天，记忆中是某个阳光极好的上午。那时我们还在老计算机楼上办公，我那间办公室窗户朝南，很大，整整一天都有极好的阳光。她在阳光中落座，告诉我想读我的博士，并且拿出一本打印稿。说真的，我本来是想拒绝的，但一翻开她那一本影评集便改变了想法。那些影评与当下学术性的评论完全不同。它是那种我所熟悉的随笔、散文，是一种随性的感想，自然地被记录下来。我的面前立刻呈现出一个灵魂极静的女孩子。而那些电影，我大多没看过，都是外国电影。她的笔调中也总是出现一些外语词汇，也是我陌生的。这与她外语专业确实是一致的。

她告诉我，她是在生孩子后开始写作的，因为孩子睡着后，她就开始看电影，并且写作。我能想象得出一个年轻的妈妈沉浸在一个与孩子独有的宁静世界的活态。那确是极静的，极安详的。她同时也告诉我，因为孩子，她不想再远足北京、上海去读博士，就想跟着我学习写作和研究电影。她的话由她面前的文字印证。我说，好的，那就试一试。

她的博士毕业论文也是研究美国好莱坞电影的，这与她多年的知识储备相关。我本来是想让她做一个丝绸之路文化与影视国际传播的题目，因为她在旅游学院十年来一直在跑这条线，但最终还是没讲。这倒可以成为她今后的一个研究课题。

关于她的影评集，再絮叨几句。仅她看的目录，非我们大众所见的那些大片，而是一些我们未曾光顾的光影之地，某种意义上，有小众之感。这可以看出她在西语世界的沉浸之深和对影视的喜爱之广。她的文字属于文学，与目下流行的学术语言有别。这是我赞赏的。影视作为一种艺术，现在已经被技术、资本、票房和学术话语吞没了，失去了它极为感性的灵动的一面。这不是灵魂的样子。这是我十多年来一直要我的学生们警惕并改善的。

说到灵魂的样子，柏拉图认真研究过，也描绘过形象，但就我们从事艺术的人来讲，都是自己想象的形象。这也是佛教中所讲的相。电影是一个相，学术研究是另一个相，我们大众看到的是与自己相关的相，但做到"相非相"才是真正的电影，才能对电影之道有所觉悟。这有些深奥，不说也罢。但只有感受到电影之灵魂，才能真正把握其精神。我不大讲"本质""要义"一类的词。这些词在今天已经被固化，失去了灵魂。灵魂其实也在今天的世界被"科学"这个词汇谋杀了，我们再很难相信灵魂的存在了。

然而灵魂是一个古老的存在，我们时时刻刻都能感受得到它，这大概也是海德格尔等存在主义者想确认的"存在"。我赞赏福柯的说法，二十世纪以来，人类学、考古学和精神分析学这些流行的学术已经把"人"解构了，人成了知识的碎片。不仅仅这些学术，还有其他学术，它们都共同撕碎了人。撕碎的是什么，是灵魂。

电影本身作为一种相，它与灵魂是最为接近的。今天，电影以其丰富的影像方法在重塑世界，重构灵魂的活相。重复一下，今天的知识太丰富了，人为的"罗格斯"太多太坚固了，而无为的天性的灵魂被遮蔽了，我们需要将它解放出来。也许用电影或感性的文字的方法，是其有效的路径之一。但愿她能继续下去，并能寻找和安妥自己的灵魂。这是为学者的最终目的。

就说到这儿吧。是为序。

2022 年冬

目 录

单篇影评·迷影的路标

《悲情城市》里的吉光片羽 …………………………………… 003
《盲视》：失明的想象 …………………………………………… 012
英格玛·伯格曼：悲剧的智慧 …………………………………… 014
《美国情人》：最后的牛仔 ……………………………………… 017
《小小的家》：隐秘一生的爱 …………………………………… 020
《野马》：随风摇曳的长发 ……………………………………… 027
《荒野猎人》：格拉斯的信仰 …………………………………… 032
《龙虾》：极端主义的乌托邦是自由的死敌 ………………… 034
《布鲁克林》：纽约梦的女性视角 ……………………………… 039
《房间》：故事的几种可能性 …………………………………… 042
《海街日记》：带着故事的食物和充满仪式的日常 ………… 046
《索尔之子》：虚焦的意义 ……………………………………… 050
《年轻气盛》：一场由近及远的告别 …………………………… 053
《闯入者》：纵向的人性剖析 …………………………………… 057
《小森林夏秋篇》：倦怠了就回来吧 …………………………… 059

《蛇之拥抱》：文明的归途 ………………………… 064
《瑞普·凡·温克尔的新娘》：还是那个岩井俊二 ………… 071
《不良少女莫妮卡》I：莫妮卡的私奔 ………………… 073
《不良少女莫妮卡》II：莫妮卡的凝视 ………………… 076
《焦土之城》：拒绝剧透 ………………………… 078
《帕特森》：庸碌日常中的理想主义自救方法 ………… 082
《海边的曼彻斯特》：他生活在过往之中 ……………… 091
《亚利桑那之梦》：飞鱼和仙人掌 ……………………… 096
《童年往事》：迷影的路标 ……………………………… 099
《东京合唱》：小津的现实主义默片 …………………… 104
《镜子》：看安德烈如何雕刻时光 ……………………… 108
若你此生遇到熊　116
《猎凶风河谷》：雪地逃生 ……………………………… 120
《佛罗里达乐园》：Light it up ………………………… 126
《塔利》：一位母亲的夜间"镜像" ……………………… 130
《坡道上的家》：几种重叠 ……………………………… 136
《江边旅馆》：诗人的袜子　141
《柔情史》：母女关系的一个样本　148
《温蒂妮》：欧洲神话的现代性回溯 …………………… 151
《鸟类变形计》：语言与影像的"空谷回声"　157
《无依之地》：诗意电影的诗性内涵 …………………… 166
《困在时间里的父亲》I："画外"的绵延 ……………… 173
《困在时间里的父亲》II：绵延的动态切面 …………… 177

散文·夜晚的形态是一声狼嗥

春日好读书 …………………………………… 182
一步花落，一步花开 ………………………… 187
夜晚的形态是一声狼嗥 ……………………… 190
我那未实现的电影节情结和已实现的电影院情节 … 193
韶光易逝，春来发几枝？ …………………… 196
骑在风上的烟圈 ……………………………… 201
长夜荒醉，但唱观音 ………………………… 205
而我是多么喜欢，与一只猫的平淡厮守 …… 209
夜里多难得 …………………………………… 214
年末，听心里的时间说话 …………………… 218
《三体》I：婴儿和宇宙道德 ………………… 221
《三体》II：大卫·鲍伊和外星生物 ………… 227
我的"在路上" ………………………………… 230
越南记忆 ……………………………………… 234
阿拉斯加独行者 ……………………………… 246
夏威夷的阴天 ………………………………… 255

电影短评·那一口红丝绒蛋糕的滋味

后记 …………………………………………… 279

单篇影评

迷影的路标

《悲情城市》里的吉光片羽

> 生命中许多吉光片羽，无从名之，难以归类，也构成不了什么重要意义，但它们就是在我心中萦绕不去。譬如年轻时候我爱敲杆，撞球间里老放着歌 Smoke gets in your eyes。如今我已快六十岁，这些东西在那里太久了，变成像是我欠的，必须偿还，于是我只有把它们拍出来。我称它们是，最好的时光。
>
> ——侯孝贤语

致敬旧时光。

我总是无端怀念几年前疯狂当侯孝贤电影迷妹的阶段，却好像再也回不去、找不到了。只是把那本《最美好的时光》放在车里，在嘈杂川流的间隙，翻一遍试图缅怀旧时光，也是好时光。书页已被翻得卷角，短暂光亮在跳动，我的电影盛宴也已消融在一篇篇旧文里，随着情怀变成今天一篇篇不太一样的影评。旧文旧时光里是描述性的稚嫩，是透着认真劲儿的文字游戏，充满感伤的基调和被影像牵着走的顺从。但真挚，像青春，投入其中，不知疲惫。

朱天文的故事最终都变成了侯孝贤的电影。她的文字让我寻到静谧的光阴，就像侯孝贤说的，他在十几岁的年纪，就在夏日午后的树杈上感受到时光静止的绝妙。而后来，朱天文写出了他当时的细腻感受，一字不差。所以，他们的配合天衣无缝。

我三年前写的这篇影评顶多只能算是一份靠着热爱电影和文学情怀而做的学生作业。但因为太热爱，至今都不知道写侯孝贤的电影该如何下笔。有些沉淀至深的感情宁愿当作秘密一样在内心守护，不想它抛头露面任人品评。它属于我，仅此而已。

《悲情城市》的开篇是嘈杂的背景声音：广播里喋喋不休的日语，像抗战片里战地电报的电波声。还有时断时续的女人生产的痛苦喊叫声。灯光昏暗，镜头是四五十岁的男人在一道白色的门帘外烧香拜佛，来回打转心急如焚。接生婆说着客家话，指导并安慰生产的妇人。终于伴随一声惨叫，新生儿明亮的哭声打破了最初的焦虑和等待。男主人此时拨开灯罩。出字幕：一九四五年八月十五日/日本天皇/宣布无条件投降/台湾脱离日本统治五十一年/林文雄在八斗子的女人/生下一子/取名林光明。

林家大哥是生意人，"生意兴隆恭喜发财"是在为新添的儿子办宴席的时候，他年迈的父亲求菩萨保佑的话。四哥文清，照相的，有个工作室，哑巴，梁朝伟饰。斯文，但不沉闷。电影通过文清的笔告诉观众："二哥三哥出征前的写真留念。至今未返。上海来的消息，有人见过三哥二哥在吕宋岛，无音讯。"

从宽美的画外音描述就开始的配乐，是明显的日本音乐，像我们小学音乐课学过的《樱花》旋律。无处不在的日本文化的植入意味着日本人统治台湾五十年的文化渗透将不会因为战败撤离而一夜间销声匿迹。

宽美走在清晨还未完全见天光的山路上，像读日记一样开始画外音：

> 昭和二十年十一月初八，好天，有云。带着父亲写的介绍信，上山来金瓜石的矿工医院做事。哥哥教书没空，叫他的好朋友文清来接我。山上已经有秋天的凉意，沿路风景很好，想到日后能够每天看到这么美的景色，心里有一种幸福的感觉。

还是日本统治期间的纪年法，对于宽美，对于任何一个时代中的小人物，这些生活中和思想里的点滴，不会因为战败而瞬间改变，但它也注定不一样了。众人来看文清，都是他以前学校的同学和相关的记者朋友。文清跟同学通过写字交流："小川校长晨发病，固执要出门，注射后已平静。静子甚忧伤。"

正如电影里的记者和知识分子们所唱的："哪年哪月才能够回到我可爱的故乡？才能够找回我那无尽的宝藏？"

老三文良回来了，精神不正常，有暴力倾向，住院疗养。静子来医院找做护士的宽美，赠送她战死沙场的哥哥的遗物，让宽美带给哥哥宽荣，他们生前是同学。随后还送给宽美一件和服，静子最珍爱的东西。静子即将返回日本。

"我永远记得你/尽管飞扬的去吧/我随后就来/大家都一样。"

"同运的樱花/尽管飞扬的去吧/我随后就来/大家都一样。"

日本人对于樱花有一种特殊的情结，正如电影中所说："日本人最欣赏樱花那种开到最满最美的时候，一同离枝入土的那种情景，他们认为人生就应该是这样。明治时代，有一个女孩跳瀑布自杀，她不是厌世，也不是失志，是面对这灿烂青春，怕它一旦消失，不知道如何是好？不如就跟樱花一样，在生命最美的时候随风离枝。她的遗书，让当时的年轻人整个都振奋起来，当时正是明治维新，充满了热情和气概的时代。"所以其实也不难理解，她们心目中生命的价值正是藏在这风华正茂的青春随风随水戛然而止的遗憾里。像怒放的樱花，不是单只的玫瑰月季，而是一束一枝丫，细细碎碎，纷纷扬扬，在最怒放的时节，风一吹，都离枝起舞，把最辉煌的一瞬化作永恒，渗透在无声的岁月里、大自然里、人们亘古的怀念和赞叹里。这不同于《红楼梦》里的黛玉葬花，这是一种欢腾，一场悲壮的仪式，不是悲悯，不是自怜。不是哭，是笑。

　　宽美听哥哥和朋友们讨论政府易帜后的种种不好，对比之前，失业人员多了，粮价涨了，工资不动。人们的情绪无处发泄，历史车轮总是裹挟着无辜的人们前行，从来没有谁问一句：你们愿不愿意？

　　此时，宽美和文清闲坐在一旁，听着曲子，两人通过写字交流起来。此处的配乐，如若你不知这是《悲情城市》的话，完全会误认为是小津安二郎的《早春》，或《东京物语》，或他后期的任何一部。小津电影里的配乐总是出现在切换场景的时候：在和煦的天光下，在空中随风飘荡的衣服间，在远处海边停泊的船和堤坝上,或一日之晨孩子们都去上学、父亲去工作的背影里。跟此处宽美和文清平和地坐在一起,不聊战败和政治,不聊怅然和时代的乱哄哄,只是安静地借着这音乐说说别的,生活之外的种种美好。

宽美写:"萝蕾莱/德国名曲/一个古老的传说/莱茵河畔的美丽女妖/坐在岩石上唱歌/梳着她的金发/船夫们/迷醉在她的歌声中/而撞上岩礁/舟覆人亡……"

文清写:"八岁以前有声音,我记得羊叫,子弟戏旦角唱腔,喜学其身段,私塾先生骂我,将来是戏子。"(文清先是听不见也不能说,此时放的曲子他听不见,所以宽美写下来解释给他放的是什么)"八岁从树上摔下,跌伤头疼,大病一场,病愈不能走路一段时间,自己不知已聋,是父亲写字告我。当年小孩子,也不知此事可悲,一样好玩。"宽美看着文清边比画边自己笑,她眼睛有些湿了。

三哥文良病愈后出院,没有生意头脑被骗,卷入一起纠纷和仇杀中,最后烂摊子不得不由大哥出面帮他善后。文清帮宽美和哥哥宽荣在海边拍照,远处的青山烟雾缭绕。宽美穿一身粉色的裙子,像池塘里新近抽芽的荷花。整部电影里,文清和宽美的戏份总是有着悠悠配乐,以及两人快要溢出双眸的温柔细腻。相比于其他人的世界,这个世界像是封闭的,不受污染的,在这乱世独一份。其他人的生活打打杀杀,斤斤计较,吃喝玩乐,放纵沉浮,而他们安静,温顺。

一个夜晚,一伙人闯进大哥文良家里,说有人密报三哥是汉奸，硬要带走。年迈的父亲出来保护，黑暗中，他说的话掷地有声："我们是保护整个村子免受日本人欺负。"对于祖辈来说，日本人还是万恶的殖民者，占领了他们的土地，他们誓死捍卫这世代生活的故土。大哥熟络黑道白道的门路，花钱走关系把阿良从监狱弄了出来，却是被打得半死。全家人在看到阿良昏迷不醒的惨状时，哭的哭，照顾的照顾，做事的做事，心都被阿良的死活揪住了。总算大哥能撑起整个家，让所有人都各司其职，紧紧围绕在大哥和父亲身边，还有个家的样子。

又跟第一幕一样，半夜睡不着爬起来，大哥打开灯，还是第一幕那个昏暗的掉在空中的灯，餐桌上的灯。他温一壶酒，说：

> 我不知道最近怎么了，睡觉常常做梦，每次都梦到，小时候被我阿爸绑在电线杆上。我记得有一年，也是过年前，我阿爸年轻的时候很爱赌，快过年了，家里没半分钱，我阿母拿了一条金项链叫我阿爸拿去当，我阿母怕我阿爸把当的钱又拿去赌，叫我跟他一起去，结果我阿爸钱刚拿到手，把我骗到电线杆旁，裤带解下来把我绑在电线杆上，自己去赌，十二月的天好冷啊，整条路都没人来，快天黑了才有人经过，看我被绑在那里，才帮我解开，冻得差点死掉。以后我阿爸出门要做什么，我阿母叫我跟他一起去，我都不去。

大哥一边摆弄手里的活儿，泡茶或是温酒；一边粗声大气地叙说这段梦和回忆，背景环境是他老婆在远处的厨房里忙活着，摄像机只捕捉到她的背影或半个侧影。父亲没有出现在镜头里，他坐在门口的角落里，家人就这么忙着听着，也不搭话，大哥像是在自顾自地说，把扰人清梦的童年记忆一一道尽。希望从此不再噩梦。

侯孝贤的电影中长镜头都有着生活的质地，那个昏暗的屋子，那个大哥，那个父亲，他们本是道具、现场和演员，可是怎么样都让观众觉得他们就生活在那里，几十年如一日，他们的生活本身亦是那样，不加雕琢，被完全呈现出来。我们没有抽刀断水看到水的凝滞和断代，而是汩汩长流的生活之水，自然而然流向该去的地方。生活的吉光片羽，像他所说。

世事纷乱。人命淡薄。广播里的说话声让我想到贾樟柯在《小武》里也用它做背景声音，广播无论是播出音乐、政治新闻、节日欢庆，还是细枝末节的新闻，都有一种真实的时代感。广播是时实播出的，是当时当代的声音和思想。20世纪80年代和60年代的广播自然不同，一听就听得出来。所以一下子就把观众带入了那个时代，如果你恰巧经历过，就会勾起脑海里所有关于那时的回忆。

宽美和文清交流起时事和近况："宽容平安，嘱我先回，林老师每日去公会唐开会，台北死很多人，民心惶惶。"梁朝伟把文清着急无奈但又无法及时说出的复杂情绪表现得很是到位。

没多久，宽荣就受伤了。

还是矿工医院附近的山间小路，音乐还是"樱花啊"的旋律，但这次明显节奏是紧张逼仄的，让人不得不联想到时局和几方力量的僵持。宽荣被送到偏僻的乡下老家养伤，却被父亲又恼又气打了耳光。宽美留在老家照顾哥哥。

大哥家餐桌上掉的那盏昏黄的灯总是出现，有时会给一个长镜头，在暗夜里就那么昏昏欲燃尽，但一直顽强地亮着。这种灯总让我联想到黎明和冬日黄昏的家。想到黎明是因为我小时候，经常被母亲清晨四五点喊醒去赶面包车，为的是进一趟城。对于孩子，那种睡梦中挣扎着醒过来，不情愿地穿上衣服，看着外面黑漆漆的天，月亮还悬在空中，是一种无法言说的绝望。不过谁不是硬着头皮，耐着性子，咬咬牙走过这对于幼儿来说魑魅魍魉的黎明呢。后一种是冬日黄昏，飘起雪花，天空灰蒙蒙一片，我放学骑着自行车赶回家。进门之后第一眼看到的即是厨房里那盏昏黄旧灯，像萤火一样，点燃心里一片希望和温暖。似乎这种灯的颜色是时间，是渺小的人们跌落进无尽时间里的一阵沉默和沉思。你站在灯光下，就仿佛站在时空里，束手无策，耳边嗡鸣着时间无情的呐喊，眼前是怎么也看不清的远方。

文清跟很多年轻人一样，被抓进监狱，要面临审讯。他不会说话，暗自坐在逼仄的牢房里，无奈等待。导演没有给他脸部特写，只是一个较近的镜头，他的脸藏在阴影中，眼神里投下一地的忧伤黯然。

侯孝贤电影里的很多手法跟小津安二郎如出一辙，比如镜头的切换，由景物及人物，从室外到室内，从光线很足变成暗淡近景。小津总会从海边灯塔或远处飘荡在风中晾晒的衣服切换到屋内榻榻米上父亲与女儿的对话,而且没有目光交汇,都朝同一方向或相反方向坐着或站着,对话,缓慢平稳,最激烈的矛盾也只是人物之间情绪的爆发,止于吵架。侯孝贤在这部电影乃至他的多部电影里都有类似的运镜。

宽美和文清的家里人坐在一起,边缠毛线边聊时事,可心情都是沉重的。帮着母亲缠毛线是小时候既爱又恨的活动,现在想来却是一幅跟父亲母亲妹妹温馨相处的画面,想着想着似乎都能打瞌睡在母亲脚边睡去了,可还不忘手臂之间架着的毛线,等待母亲缠完最后一个毛线球。有时毛线太乱了,会打结,于是我和妹妹总会用胳膊配合着把结解开。

文清终于回来了,宽美坐在餐桌边抹眼泪。"你瘦了,身体可好?哥哥失踪了,原躲在内厂,有一天许多巡警去抄,至今无音讯。"宽美写道。

剧尾,是清脆的钢琴声。文清背着照相包走在乡间路上,他来看望在这里搭草棚教书的同胞。因大哥疏通关系,文清才从监狱里放了出来。不幸其他一些年轻人或被枪毙或没能出来,临死前他们托付给文清一些遗物和一些话语,文清此时便一一交付于他们的家人、爱人。"生离祖国,死归祖国,死生天命,无想无念。"文清告诉宽美:"宽荣已结婚,在山里,恕不能说出地方,他交代,不要告诉家人,当我已死,我人已属于祖国美丽的将来。"这是文清前去探望宽荣时,宽荣做出的决定。最后还是那一段反复出现的日本风格的音乐。

几年后,文清和宽美抱着他们的孩子照下了一张照片。

| 吉光片羽

《盲视》：失明的想象

　　看《盲视》的时候，我一直担心自己分不清虚实，女主沉浸在自己暗涌潜藏的幻想里，如果不是导演将其内心幻象具象化，女主在窗前一坐一天的静态图完全不足以吸引观众。她一般起床后，去厨房泡一杯红茶，摸着桌边小心翼翼端去窗边一放一天，再摸着椅子坐上去，戴上耳机，摸着摁下收音机，开始听广播。直到天色变暗，变黑。其间，当然还有可以想象的小范围走动，比如上厕所。她自从失去视力，就不再愿意出门。

　　剧中唯一让女主笑了的事是她用盲人专用颜色辨认器辨认衣服的颜色，来决定今天穿什么，不过这些对于一个盲人来说，意义何在呢？取悦丈夫吗？她又不出门，而他一早就出门了。然后她拿着辨认器去辨认自己的身体颜色，舌头颜色，和丈夫屁股的颜色，然后两人都笑了。广播和声音已经不能满足她强大的想象力了，于是一场虚化的事实开始上演。

　　在她阴郁且强大的想象中，丈夫就这么被出轨了。情妇是对面楼里的一位单亲妈妈。前半段的情节没有她过分的控制欲，顺着想象力的延伸，她苦痛但难以自拔。可是当情妇成为她在现实世界操控的对象或她的替身时，她的欲望越加明显：像魔幻主义剧情一样，她竟然让她开始面临失去视力的窘境，像开关电灯一样。而被想象成情妇的女人竟然想假装镇定，不想让别人发现。这些镜头开始呈现喜剧意味，而"情妇"自然被耻笑。这也许就是女主坐在客厅沙发上，端着红酒杯，衣衫不整，用自己的想象惩罚夺走丈夫的女人的方式。

在人看不见之后，惧怕疑虑自然骤增，这些并不难理解。女主把周遭的世界想象成她脑海中的映射，就这样在她身边默默发生着。她认为丈夫再也不爱她了，沉浸于对别的女人的幻想中，于是她安排了这么一出戏，她甚至"看见"丈夫在夜幕降临后，倚在窗口，偷窥对面女人换衣服，吃东西，看电视。她把想象力安插在每一处细节里，于是我们觉得这些似乎成了现实。直到最后，被卷入的情妇失去视力后，执意去一个派对上找女主丈夫，想要当面告知他她怀孕了，在争吵中，女主似乎开始清醒，她把她换成了她自己，面对丈夫她们各自说出了疑惑。她原来是因为自己一直没有生孩子而自卑畏惧，担心丈夫因此嫌弃自己而另寻花草。

原来恐惧和担心都有着埋藏起来的原因，只是时机适合时，就这样自然被诱发了。在法国当代著名思想家埃德加·莫兰（Edgar Morin）的《电影或想象的人》[1]这本论著里，他专门用一章来阐述"神奇的幻觉"，"当憧憬和欲望或忧虑和恐惧掌控了影像，并按照它们的逻辑安排梦幻、神话、宗教、信仰、文学等所有虚构时，我们便进入了想象的王国。"

于是，在想象的王国里，一切都有可能发生。

---

[1] [法]埃德加·莫兰，马胜利译：《电影或想象的人——社会人类学评论》，广西师范大学出版社，2012年。

英格玛·伯格曼：悲剧的智慧

我在看电影数量最密集的时日，一天可以看四五部电影，而且可以连着是悲剧。那一阵迷恋英格玛·伯格曼，就把他的电影都翻出来看。但实在由于年岁未到，最终没有把所有作品都看完。年轻的日子有时候故作深刻，以为看了深刻的电影自己就变得深刻，就对得起那些像小溪一样汩汩流淌的清畅岁月。

不久前，在图书馆借到一本关于写英格玛·伯格曼的专著。对其每一部作品做了详细深刻的文本细读，当然主题是悲剧的本质和对人性冷峻的追问。很多篇章我都是在秋日午后躺在床上一句一句读过，依然能够感受到那些细细碎碎的悲观主义怎样窸窸窣窣爬过我的神经，让我在睡去前担心睡梦会不会太过黑暗。人与人的关系在英格玛·伯格曼的镜头里被诠释成不可逾越的孤独和误解，个体差异导致的交流无效或交流恶化是一种必然，无论在恋爱、婚姻还是亲情中。而面对这种困境，人们试图突破，却以失败告终。

《芬妮与亚历山大》(1982)被喻为"一曲热爱生活的轻松的赞美诗"，也是导演晚年对生活和其艺术造诣的归并；《第七封印》(1957)是对死亡的终极探讨，经典镜头是海边那幕主人公和一袭黑袍的死神下棋对弈；《野草莓》(1957)讲的是爱情，重叠、淡入、淡出等处理手法像是一曲梦境奏鸣曲；《呼喊与细语》(1972)是典型的室内心理剧，1974年获得第46届奥斯卡金像奖最佳影片提名。这部电影符合英国剧作家哈罗德·品特(Harold Pinter)所谓的戏剧特点："一个封闭的空间和不可预知的对话。人们在这些对话里受到彼此的控制，一切矫饰土崩瓦解。"

《呼喊与细语》的主角是三个姐妹，她们之间积重难返的隔阂和疏离在各自挣扎之后还是无法打破。在所有看过的英格玛·伯格曼的作品里，这部算是我的最爱。因为女性视角，也因为色彩选择和呈现，以及人物心理变迁的细腻刻画。如红色的墙壁、地面和窗帘代表着热烈、奔放和流动；白色的简约拖地睡衣、白色的床单、窗纱和蜡烛代表着纯洁、单一和夏天，黑色的高脚椅、钢琴、白日里的黑丝绒裙代表着庄严、高贵和沉闷。热烈的红色反衬出这个家庭内部的分崩离析，流动的反而是各自暗涌的压抑和困境。白色原本单纯，但感情裂痕和创伤却让每一个人物都复杂阴暗。黑色或许是她们内心世界投射到客观世界的一抹暗示。

艾格尼丝：身患绝症，作为老大，她并没有得到母亲在世时的多少爱，在临死之际想要改善姐妹关系，却发现爱无能。

玛丽亚：最受母亲宠爱，却没能养成高情商，反而让自己的感情生活一团乱麻，周旋于丈夫和情人之间，哪一方都难以割舍。贪婪无度。

卡琳：无法和丈夫有效交流，愈发压抑，渐渐沉沦在自虐带来的痛感所激起的知觉里。

有人论断，真正的悲剧来自对人作为个体清醒但残忍的认识中：人生而孤独，且人性的污渍难以擦去。这一切都不是无源之水，英格玛·伯格曼的童年必定是不快乐的。他1918年7月14日出生于瑞典乌普萨拉，父亲是位虔诚的路德教徒，后来成为瑞典国王的宫廷牧师。母亲是一位上层阶级出身的小姐，任性而孤僻。父亲对伯格曼的管束严厉到臻于残忍的程度，伯格曼的童年生活笼罩着一种严峻、压抑的气氛，这一切对伯格曼后来的创作有着极为深刻的影响。

后人对英格玛·伯格曼的指称只能用"瑞典国宝级导演""20世纪最伟大的电影大师之一"这样空洞、宏大的措辞，作为影迷，我们应该继续透过这些词语，深入到这位导演鲜活的生命细节中，在其深刻复杂的作品中让他名字和头衔的能指体现最有意义的所指。

《美国情人》:最后的牛仔

诺亚·鲍姆巴赫(Noah Baumbach)的新作《美国情人》(Mistress America)让有些观众觉得他在编剧风格上像伍迪·艾伦(Woody Allen)——话痨台词+平凡人生。但是,诺亚的这部《美国情人》有着更加平易近人的气质。靠台词撑起人物性格和剧情起伏的剧本功力必须要深。戏剧的张力大多数来自人物台词,如果台词太假,观众会觉得被耍了,如果台词太还原生活,观众又会觉得没有高于生活的观赏乐趣,所以最重要的是度的拿捏。大多数作者型导演都是一个好编剧。

决定写这篇影评,全都因为这句台词:"She was the last cowboy, all romance and failure."。她是这世上最后的牛仔,充满浪漫和失败。

Brooke 有着我们身边热情大方有梦想的大姐姐的一切特征,她真实得像个有血有肉让你忍不住去触摸屏幕来为她抹掉眼泪的邻家阿姐。可她这么热情活力有梦想,最终却还是一事无成。你就觉得这更真实。在纽约她一事无成,最后选择在感恩节,离开纽约去洛杉矶。她说:

我觉得我病了,我也不知道这病叫什么。我就这么呆坐在电脑或电视机前,时而思绪里飘过一个抑制冲动的念头,或许还会对做过的事撒谎。然后我又突然对有些事很兴奋,这种兴奋劲儿都快冲昏了我的头脑,我睡不着,也做不了别的。我好像又重新热爱上一切事物,但完全不知道从哪着手。

多少个夜晚,或许你热情大爆发,脑子里充满了对生活的一切期待和对梦想的各种憧憬,想着自己或许能够灵感如泉涌,在天亮之后一定能做出一番成就,于是天亮之后你也试图去做了,但不知怎么,最后就是不了了之。那些辗转反侧、兴奋雀跃像被打了鸡血一样热爱生活的夜晚,最终变成遥远的回忆。这才是生活。一点都不狗血。

女主 Tracy 是个 18 岁的大一学生,在纽约上大学。她热爱写作,总是爱拿生活中的原型当故事素材。无聊的大学生活让她有一天终于拿起电话打给妈妈准备再嫁的继父的女儿——30 岁的大姐姐。想着她们即将成为姐妹,Tracy 在纽约的生活就顺其自然地跟姐姐 Brooke 联系在一起。Tracy 像一位来访者,观察和参与着 Brooke 的生活,看她在健身房做教练,去给富人家的孩子做家教,参加各种派对,在 Twitter 上的粉丝上千,性格热情幽默,十足是热爱生活的表率。两人在一起时台词密如雨点,如果你不高兴肯定会十分钟弃剧。Brooke 有一天对 Tracy 说她正准备开一家餐厅,但需要筹资。她们找到了 Brooke 的前男友 Dylan,想说服他投资，可关键时候，Brooke 语无伦次，无法有效表达自己的点子，多亏 Tracy 的帮助。可结果却是 Dylan 愿意帮她偿还租金债款，但劝她放弃投资餐厅，因为肯定会亏本。Brooke 人物性格塑造的关键就在于：她竟然轻易地就被说服了。她同意放弃。而作为观众的我们，竟然也找不出半点理由让她继续坚持。这种妥协来得这么合乎情理，就像我们在无数个充满斗志的夜晚勾勒梦想，而第二天一早又不得不做回普通人。

而这一路，Tracy 也以 Brooke 为原型，写出了这篇小说《美国情人》(Mistress America)。她投稿给大学的文学社团，也被接受了。但这篇小说却成了她与 Brooke 矛盾的导火索。Tracy 在小说里描绘的 Brooke 是个不知进退、空有点子、盲目热情的 loser，安排给她的命运始终还是失败。

到底在 Tracy 眼中，Brooke 是怎样的人？她的小说有多少虚构的成分，她对于她的看法有多少反映在小说里？Tracy 并没有解释。她也并不后悔自己写下了这篇《美国情人》。

最后，她们各自的母亲父亲也打算分手，她们也将会成为一个在纽约一个在洛杉矶的陌生人，Tracy 的生活态度和大学生涯也将因此而改变。终究有这样一些人，即使他们的努力和热情付诸东流，即使他们一时半会找不到在这世界的位置，但他们作为生命个体本身却像发光发亮的火一样，值得被看到、听到、感觉到；他们携带了牛仔的基因，即使失败，也是夕阳下英雄悲壮的背影；他们是少数人依旧憧憬希望的灯塔，所以这注定是一份孤独的事业，是现代都市中的"牛仔精神"。

| 吉光片羽

《小小的家》：隐秘一生的爱

"太太，我会一辈子守着这个家。"为了您的幸福，为了您……

日本昭和初期，离开家乡到东京帮佣的少女多喜，遇见了年轻美丽的女主人时子，并随之嫁入平井家，住进一幢有着红色屋顶的小洋房中。在那个被多喜定义为"家"的地方，她见证了时代的变迁与动荡，从二战前东京的摩登繁华，到战事兴起的困窘萧条，就如同迅速变换的车窗风景。但对多喜来说，最重要的并非外在世界，而是她真心喜爱的时子一家人，只是，在她想守护的这个家中，却也有段可能毁灭一切的禁忌爱情，正在悄悄发生。

——台湾版《小小的家》一书的简介

那么这"禁忌爱情"到底指什么呢？是太太与板仓先生的婚外情，还是女佣多喜对太太的仰慕。前者或许在书和电影里呈现得足够明确，但后者……我们只能在多喜甘愿奉献一生的执着和勇气里找寻了。

这是一部由小说改编的同名电影。①二战中日本战败，等到多喜战后再回去看望时子太太一家的时候，那座红色小洋房已经被夷为平地，当地人告诉她，时子太太去世了。后来多喜有幸再见了少爷，他已是头发花白的老人。

最爱细节

时子第一次在多喜的陪护下拜访过板仓先生之后，写明信片告知板仓她已下定决心，打算第二次拜访。只有几个字的明信片上，却暗藏着她心底的涌动，"下定决心与你私好"是时子没有说出的话。时子的主动出击迎来的是板仓抑制的喜悦：我亦下定决心了。

之后的几次拜访都是时子一人前往，多喜只是默默看着，尽守一个女佣的本分，只是她也在体察着若干次时子夫人出门前后的变化。她在回忆录里写道，夫人回来时绶带上的绳子正好和出门时是反的，夫人之后的几次都是穿洋装出门。细节在这部视角低微的电影里是一个亮点，全靠细节的支撑才使得宏大历史背景下的小人物一个个性格鲜明，也吸引观众循着多喜婆婆的讲述渐渐剥出蛛丝马迹。

时子第一次拜访板仓的时候，板仓引领她上楼进屋，之后招呼楼下的老婆婆端杯茶上来，这种开放性没有让楼下艾灸的老头老婆婆怀疑多少；然而当板仓第二次探出头来说不要端茶上来的时候，楼下老人的对话却是想要"捉奸"。多喜的心情是复杂紧张的，从她颤巍巍翻开时子和板仓互通的明信片就可以看出。

当睦子小姐来拜访时子时，她与多喜的那一段戏，或许是张力最为坚韧的一段：多喜哭着吞吞吐吐说出时子和板仓的事，哭的情绪是只代表她作为女佣知道了这件事而必须隐藏在内心的压力呢？还是因为时子小姐与板仓先生私好，她感觉被背叛被抛弃的委屈呢？也或者是二者兼有。总之，当睦子说出时子的婚讯传出之后有人差点为她自杀这种事的时候，多喜哭得更厉害了。睦子问道："时子这么美丽所有人都喜欢，你也很喜欢她的对吧？"多喜像个委屈的小女孩点点头。

故事的最后，那座红色小屋毁于空袭，而当多喜赶着回去寻找时子夫人一家时，得知她和丈夫相拥而亡。板仓参军后幸免于难，多年后活了下来，成为有名的画家。小少爷恭子若干年后也成了白发苍苍的老人。借着回忆和对时代感的梳理，多喜写完了她一生的回忆录。她的回忆止于扯不断的眼泪和絮叨的"我活得太久了……"。

小小红色房子里的秘密是否就这样被说尽了呢？战时的时代背景成了故事的底色，让小人物的悲欢离合因为这样的特殊背景增添几分厚重。生命不能承受之轻和重。

电影还原

倒叙：多喜婆婆去世，一个人在屋子里。在洗碗池下面蹲着死去，电视开着没关。外孙子的叙述：布宫多喜是我的姥姥，没有安享晚年。多喜婆婆开始了她的自传：

  1935年春天，我从寻常小学毕业（日本明治维新到二战前的初等教育机构），前往东京。在兄弟姐妹6人当中，4个哥哥姐姐都在当用人。我理所当然地认为，我也要去当用人。在那个时代，农村家庭为了少点人争饭吃，会把女儿卖去妓院，村子里如果有哪家女孩子长得漂亮出了名，还有艺妓愿去她家里买下她，我长得一点都不漂亮，也就没人来找我去。通过亲戚的介绍，我的去处也定下来了。

多喜活着的时候，在外孙子骑摩托的轰隆远去中，弓腰起身来到窗边，虽是白天，她却关上窗，拉好白纱布帘，回到摆在榻榻米上的小桌子旁边，开了头顶那盏昏黄的灯，在这样的屋子里，她开始写下回忆录。"我还清楚地记得我离开家乡的那一天，当时才18岁的我，比起和父母离别的悲伤，更多的是对接下来未知生活的期待。我十分地兴奋。"就这样在惯常的回忆录电影里，镜头跟随记忆切换到多喜18岁那年离家的风雪天里。一位年迈的妇人带着她艰难走在暴风雪里，边走边嘱咐她要尽快学会说东京话，不要说方言。多喜那时对于东京的期待是任何一个年少时离家的人都有的对大城市的憧憬。"热闹的商店街，匆忙来往的行人、自行车、人力车、马车，还有黑亮的汽车，会铃铃响的电车，当时的首都东京，是个多么美丽的大城市啊。"对应这些文字的是那时东京街头的老照片，有时候一个民族的记忆会影响个人的记忆，尽管个人记忆或美化或丑化当时，或存在些许不同，但随着年岁变久远，个人记忆多少会趋向和附和整体记忆，这有点像记忆的社会化和雷蒙·威廉斯所说的"感觉结构"。多喜当时的记忆肯定多少有着整体记忆的印迹，若干年后再回忆，以这种黑白影像的姿态放送出来。

"在昭和初期，在东京工薪阶层的家庭里，有女佣是一件很普通的事情，最近是叫成保姆了吧。我年轻的时候啊，女佣也是个正经的职业，也算是为嫁人做准备，被人以为是奴隶我可不高兴。"随着时代的变迁，人们的职业也被赋予不同的社会地位和意义。因为女佣在多喜年轻时还是个正当职业，并且很多人在做，所以对于多喜一生忠于主人和负责任的人生态度都有着重要影响。至于嫁人，这个就超出多喜年轻时的预期了。当外孙问及，婆婆您可是从未嫁人啊，多喜并未回答，而答案却不是一部电影能够解释清楚的，答案是多喜这复杂的一生吧。

"我第一次当女佣，是在一位本乡的小说家，小中老师漂亮的家里。他家里还有两个年纪比我大的女佣"。多喜在帮小说家做家务的时候，被男主人上了一课：四五年前跟他交往的艺妓写给他一封情书，被他大意丢进垃圾桶，当时有个叫阿文的聪明的女佣在信被他老婆发现之前，悄悄放在了抽屉里。女佣这份工作其实并不简单，夫妻和睦要靠女佣啊……日后男主人的这番话成为多喜的职业准则，以至于在时子家时，她从来都是维护夫妻关系,并在夫妻关系存在潜在危机时倍感压力和责任。"第二年樱花飘落的时候,我经老师夫人的介绍,到时子夫人家里当女佣。""即使是现在,我只要闭上眼睛,我还能清楚地记起,1935年刚建成的红瓦屋顶房子,真是一栋小巧可爱的房子。我很喜欢那个小小的家。"

原著本身就是以回忆录的形式写成,在战时特殊的时代背景下,那些平常人的日常琐事也淡淡泛起时光的黄色。何况女佣多喜或许内心还藏着很多无法轻易道出的秘密,即使借助文字,她也不能说破的秘密。一年前,偶然看到这本书,大陆还没出版。正好友人在台湾游玩,便托她帮我买回,竖排,繁体,西瓜红的封面。读来有点慢,但回忆的节奏却越慢越好。

回忆录式的日本电影

另外一部关于回忆的日本电影,山田洋次的《母亲》也采用回忆录的方式。东方母亲佳代在战时艰难坎坷的一生由小女儿照美娓娓道来,暖人的旁白听上去格外悦耳。它歌颂母亲的担当和坚强,这样的主题似乎早已屡见不鲜,但它又有着不煽情、不刻意的轻描淡写,在日本电影的共性中,对人物刻画的着力点用得不动声色却铿锵有力。于日常点滴、家庭生活、抚养子女、苦难中的闪光点之中,佳代作为瘦弱而强大母亲的形象赫然于银幕上。

撇开政治问题不说,二战期间对华战争的时代背景也被做了相对客观的交代。前线胜仗后国民的欢欣,战事溃败时国民情绪的萧条,以及战争对普通百姓造成的性格扭曲和无情吞噬,这些中性的视角都显得尤为可贵。

歌颂母爱的 cliché 一般都从无情的变故开始。先是在大学教书的丈夫由于政治原因被抓,坐牢期间一直从他热爱的德国哲学书籍里获取精神安慰;再到父亲与佳代断绝关系,硬生生将其从家门赶出;丈夫最终还是免不了死在狱中;最后唯一的寄托,丈夫的学生,离开她们上战场。这样的设定没有多少激烈冲突,都是裹挟在时代洪流中的命运无常。佳代一人担当起抚养一双女儿并撑起整个家的过程,就是跟命运顽强对抗的姿势。她一生辛劳,所幸长寿,晚年祥和。

东方审美下,先不说让女权主义者们嗤之以鼻地对待女性的态度,母亲这一形象作为女性的一种代表,承载了太多东方文化的精神。尽管当我们用西方的视角加以审视时,东方母亲的形象似乎被负面模式化了(negative stereotype),但如果作为人类社会中的一个角色,东方母亲勇敢担当的胸怀和无私奉献的精神,却变得如此珍贵难得。

①电影《小小的家》上映于 2014 年,同文中提到的另一部电影《母亲》一样,都是由日本导演山田洋次所执导。

《野马》：随风摇曳的长发

那是一个长长的拥抱
拉蕾不愿松手
她终于找到了
温暖的怀抱
安全并自由
如她和姐姐们
在每一次晨曦和暮色中
随风摇曳的长发
闪烁的眼眸哦
有着花季少女
惊艳人间的美
她们嬉闹和奔跑
在海边
在路上
在闺房里
在无边无际的人生里
如脱缰野马一般

> 实现旧山村里
> 长起的自由梦

土耳其推出的角逐 2016 年获得奥斯卡金像奖最佳外语片的这部《野马》(2015)，是在法国某殿堂级电影学院接受训练的土耳其女导演蒂尼斯·艾葛温自编自导的处女作。我想，最后黎明前的曙光之所以打动我或很多观众，是因为前半段那些太过美好的铺垫发挥了巨大作用吧。只是这道曙光看似充满希望，但谁心里不会隐隐担忧，女孩们将来的命运会如野马那般洒脱吗？毕竟五个女孩最终只剩下两个逃去伊斯坦布尔。她们最小的妹妹最有反骨精神。

导演在剧情冲突的处理上，是典型的做足前戏，通过那些让人着迷的对青春的诠释和如涟漪般拨动心弦的细节把握，逐渐过渡到矛盾爆发的高潮——拉蕾带领四姐弃婚而逃，最后以好青年亚辛帮助她们坐大巴前往伊斯坦布尔找老师结尾。

我最爱的镜头是导演选择处理五姐妹正值花季青春的一切外在美丽：在光线的处理上，导演利用能得到的所有自然光，在每一场好天气里，给予五姐妹群戏特写。比如在海边戏水时女孩们湿漉漉的长发和紧贴身体的校服白衬衫，映衬在波光粼粼的海面上，像一群落入凡间的精灵；比如暑假夏日午后的小憩里，女孩们被太阳刺得睁不开眼的浓密睫毛；比如被锁家中，百无聊赖时，女孩们穿起泳衣想象游泳时纤细滑嫩的四肢。她们的笑靥是感染观众的杀手锏。

而这一切被赐予的美好却在一次次面对奶奶和舅舅时的冲突中被逐渐消解和毁灭。五个女孩家住土耳其北部某个小村庄里，临海，有蜿蜒的马路和葱郁的树林。在放暑假的第一天，她们从学校回家的路上，一时兴起在海水里跟学校的男孩们打闹玩水，却成了这场"战争"的开端。回家后先是一个一个挨了奶奶的揍，接着是舅舅更加严厉的说教。"村子里都传遍了，你们怎么能在海边骑到男孩们的脖子上？""我们只是在做游戏啊，在玩啊。"第一次对抗中，最小的拉蕾就气哄哄跑去院子里，摔了椅子，点燃报纸，叫嚣着："我的屁股也碰过椅子，为什么我们不把它烧了？"

接下来的故事情节顺理成章，她们的暑假泡汤了，整日被关在屋子里，奶奶教她们怎样做家务，方便以后嫁作人妇懂得规矩。奶奶收起了她们衣柜里的吊带、短裤、丝袜、化妆刷，拔了电话、电脑和键盘，做了五套黑色长裙，包裹起女孩们天生的好身材。村里妇人们的形象都是包头巾穿长裙不露四肢的庄严肃穆，而五个女孩的长发却无法藏得住。

起初她们依旧能自得其乐，在房间里打闹游戏，还能听得到天真爽朗的笑声。但随着大姐和二姐被嫁，整个家庭氛围变得沉闷起来，女孩们少了欢笑，奶奶和舅舅还有来提亲的人们却欢声笑语。在对待出嫁这件事上，导演并没有全盘否定，她留了一个客观的口——大姐嫁给了她爱的人，在婚礼上笑得合不拢嘴。二姐嫁的是不了解的同龄男孩，在婚礼上伴着欢快的音乐她哭花了眼。这些包办婚姻的模式，在土耳其这个闭塞的小村庄里还很盛行，很多女孩并不会反抗，她们被教导女人们都是这样，你生来的命运就是嫁人生孩子。但情窦初开的少女们谁不会渴望爱情呢？

三姐是在这种桎梏下的一个极端，她选择自杀。然而她并未料到，她的死并没有引起奶奶和舅舅的反思和改变。在匆匆埋葬之后，一切照旧，继续为四姐找婆家。他们似乎迫不及待女孩们赶紧来例假，这样就能尽快把她们嫁出去，不再提心吊胆有一天她们还会闯出什么祸来。

最小的拉蕾还没有发育好，这似乎给了她足够的时间和精力去观察和体会姐姐们的这一切遭遇。她最反骨是因为她天生就具有一颗渴望自由、锁不住的心。她忽悠姐姐们跟她一起偷跑出去看夏日的足球赛，翻墙、钻洞、拦车，当真正的球迷，这些举动都是她做的。最搞笑的一幕是电视直播中邻居家阿姨在奶奶家突然看到五个女孩在比赛现场，疯了一样加油助威的画面出现在镜头上时，为了不让在隔壁屋喝酒的舅舅们看到，情急之下竟然搭了梯子，用锤子砸断了保险丝，害得家里停电。之后，她怕村里其他人看到，承担不起流言蜚语，又跑去村里的高压电线杆旁边，用石头砸了个短路。

拉蕾默默跟每天经过她家门口的卡车司机学会了开车，趁着四姐被迫出嫁的那天晚上，扯掉那些丑陋的婚纱和盖头，换上球鞋和牛仔裤，背起包，偷了钱，上演了一出情节紧凑、抓人呼吸的出逃记。黑夜里那两双藏在草丛里的闪亮眼睛，迎着朝阳朦胧睁开的年轻眼睛，拥抱伊斯坦布尔的老师时那双紧闭的眼睛，终于没被关住，在那颗反骨的怦怦跳的心里，这两匹脱缰的野马要开始奔跑了。

　　整部电影，你实实在在感觉到了残酷，但看到结尾处似乎还是美好多那么一点点，导演引导我们把视角落在了美好的希冀上，而非类似电影千篇一律地对封建落后男尊女卑这些罪恶的深深讨伐上。

《荒野猎人》[①]：格拉斯的信仰

《荒野猎人》(2015)据说是莱昂纳多·迪卡普里奥(Leonardo DiCaprio)冲击奥斯卡"小金人"的电影。电影中有多处肉搏场景：与熊，与白人，与印第安人，血腥暴力足以让人产生不适感。莱昂纳多台词不多，与《华尔街之狼》(2013)相比，导演更看重他的肢体"表演"和眼神与精神（复仇和自然崇拜主题）。要怎么通过一部电影表现某种精神是墨西哥裔导演冈萨雷斯·伊纳里图(González Iñárritu)孜孜不倦的探索方向，比如《鸟人》(2014)。

格拉斯(Glass)，（莱昂纳多饰）是一名猎人，但他有个混血儿子——他与印第安姑娘所生。剧中按照闪回和魔幻形式出现的前情交代，都是在格拉斯奄奄一息或极度虚弱时出现的。比如他被熊袭击后，在生死线上挣扎，于是他看到了死去的妻子——一个印第安姑娘，一直在召唤他活下去。他看到当时家园被毁，烽烟四起，妻子如何死去，儿子如何被烧毁容，奄奄一息中幸存下来，而这一切都是白人所为。虽然他身为白人的一员，但他与无良猎人有所不同，他没有为了利益不择手段。在几个比较魔幻的镜头中，在硝烟中倒地的妻子胸口中飞出一只白鸽的镜头最美，格拉斯对于她的爱当时还能在他们的儿子身上得以延续，然而随着儿子被白人同伙所杀，他最终的寄托完全毁灭，从此踏上复仇之路。

格拉斯对于生命的敬畏和因果轮回的信仰使他看上去更像个印第安人。美洲印第安人分为诸多部落，部落之间虽也有杀戮和战争，但当时他们一致的敌人还是白人。印第安人信仰自然崇拜，认为花草树木、世间万物皆有灵魂，世间万物皆平等，每一寸土地、山川、河流都是造物主赐予生命的存在，人类并没有高高在上的优越权。死亡只是肉体的消失，灵魂会永远存在。所以他们敬畏自然、热爱生灵、讲究生态平衡、信仰因果轮回和生死报应。格拉斯的信仰和行为的动力也来源于此。他复仇，是为了实现因果平衡；他荒野求生，是以自然之法顺应命数，比如他和马在印第安部落的追逐下坠下悬崖，马匹摔死，他因为树木缓冲幸存之后，剥开马肚子，掏出内脏，利用马身体里的热度取暖驱寒。再比如他直面棕熊的袭击，勇敢搏斗，并无畏惧，因为他像印第安人一样，明白万物平等，有好有坏，好坏、生死相互制衡。

从精神的角度说，《荒野猎人》并不仅仅是可见于表象的仇杀、暴力、血腥和荒野求生技能，透过这一切，或许支撑格拉斯活下来并成功复仇的信仰和动力才是导演想传达的，更或许（一个大胆的猜测）对印第安文化和信仰的传承和转移才是导演认可的精神内核。

①该片在第88届奥斯卡金像奖中同时获得最佳导演、最佳男主角和最佳摄影奖。莱昂纳多·迪卡普里奥（Leonardo DiCaprio）终于凭借本片在五次提名奥斯卡金像奖最佳男主角之后获得该奖。

| 吉光片羽

《龙虾》：极端主义的乌托邦是自由的死敌

　　导演兼编剧的欧格斯·兰斯莫斯(Yorgos Lanthimos)在影片中试图构建一个两极严重对立的社会：情侣(夫妻)VS单身。这两者之间并没有能够容忍过渡状态的规则，于是他镜头里的"乌托邦"无论怎么看，最终都沦为虚伪和极端主义的牺牲品。在海风的阵阵吹拂下，那些言行规则和笑容带来的恶臭四处弥漫，配合他镜头里阴冷单调的色彩和行为着装的统一，观众心里有一百个不痛快。不过相比而言，它的开放结局似乎能带来一丝安慰，比起《狗牙》(2009)，2015年的这部作品结尾稍有妥协。

有趣的设定

●情侣(夫妻)社会(community)

　　在这个社会里，商场里的警察，路上的行人，都有权利盯上你。如果你是一个人单独出现在公共场合，最好能证明你是有配偶或恋人的，否则你会被以"单身罪"逮捕。那么衡量是否是恋人的标准又是什么呢？是爱情吗？是两厢情愿的感情基础吗？这就要回到另一种设定：单身。

● 治疗单身的"酒店"

　　前面所说的无论未婚单身还是已婚丧偶或离婚，只要目前状态是单身，在被逮捕之前，你最好自觉报名前往一个"治疗"酒店，而这个酒店是滋养极端主义的良好土壤。在这里，有一套看似缜密的规则：酒店服务员会要求你换上统一的衣服和鞋子，鞋子没有半码，只有全码，并领你进入你的房间，每个新来的人都有45天的期限找到另一半，延期的条件是在丛林狩猎时，猎到一个单身者，就延期一天。猎杀并不用真枪实弹，酒店统一配发麻醉剂。如果在45天的期限内你没有成功猎到单身者，最终你会被变成一种动物。至于变成什么，由你选择。大多数人的选择是狗，所以，无论是电影里的台词，还是影迷的调侃，都提到这部电影实现了单身真的就会变狗的玩笑。真的会像变魔法一样由人变成动物吗？不会的，这并不符合兰斯莫斯严肃正经的风格。酒店的人只会选取你身体的一部分移植到你想要变的动物身上，换言之，最终还是死亡。而配对成功的条件是你们必须有某些共性：比如你们都是瘸子，你们都爱流鼻血（尽管你可以猛撞桌子撞出鼻血），你们都很冷血（假装见死不救）等。配对成功后，会升级到豪华双人间过上夫妻生活，然后再去体验游艇，如果争吵，会派发给你们一个孩子，用以调节矛盾。

● 丛林里的"猎物"

　　有一些不愿在45天后甘当牺牲品的单身者逃了出来，在某个树林里集结成一个"独身社会"，并且制定了一套跟"酒店"

一样严酷的规则：不得暧昧、调情或相爱。如果发现私自kiss，就要接受血吻的惩罚(red kiss)，如果have sex relationship，就要接受red intercourse的刑罚。他们还要练习躲避，以免惨遭被猎。

这是一个心碎的故事

David(科林·法瑞尔饰)跟妻子离了婚，带了条狗(他哥哥变成的)来到酒店接受治疗。他似乎是能够保持清醒的一个，发现酒店规则里的种种荒谬之后，假装跟一个冷血女一样冷血从而配对成功，冷血女踢死哥哥变的狗之后，他实在难忍心痛流下眼泪，从而谎言被识破。他便开始了出逃，最终用暴力抵抗过了酒店的规则，并成功策反一名女仆帮他出逃。他逃到了单身社会，隐居在丛林里，风餐露宿。但从他身上暴露出他们即使逃出来，也无法摆脱酒店治疗留下的后遗症——基于共同点而爱上别人。他在单身丛林里爱上了别人，他们都是近视眼这一条让他欣喜。他愿意为她猎杀兔子，他怀疑别人也是近视眼而吃醋。他们将这段感情发展成地下情以免遭到各种单身者们制定的严酷刑罚。但最终还是暴露了。单身首领强制他爱的女人接受了致盲手术，抹去了他们唯一的共同点，幻想他们就不会再相爱。然而结尾处，当他们双双又一次出逃，来到夫妻社会时，他也只有刺瞎自己的双眼才能跟她有生存之地。他在餐馆卫生间举起餐刀，他的爱人坐在原地等他回来，手足无措。然而我们并不知道他到底有没有刺下去。

黑色幽默式的镜头调度

这是一部很严肃的电影，但它并不是我们常看的正片。它用荒诞设定和黑色幽默的台词、动作进行包装。整部电影都像加上了一层滤镜，丛林、荒野、大海、游泳池，看起来都是压抑的冷色调。镜头运用多样化，长镜头制造紧张不安的气氛，特写镜头表现人物情绪，远景讲究构图和比例，有敞亮的户外，有逼仄的楼梯转角，再加上配乐的恰到好处，完全能够一气呵成地看完。

电影中出现的所有角色的情绪都是极其克制的，有着伪乌托邦的扑克脸，他们并不被允许有任何夸张的表情或肢体语言，更没有感情的自然流露，一切都成为规则的奴隶。为了满足任何一个"社会"的治理规则，每个人必须进行选择，选择之后必须承担其带来的后果。这里不再有自由意志和思想。规则太多太鲜明以至于民众无所适从，在一套套桎梏和樊笼里垂死挣扎，只为生存。兰斯莫斯的立意有点像《1984》和《动物农场》。只是这部电影貌似所有规则都是为了让人们"幸福"，让人们尽快过上和谐美满的家庭生活。当一个社会对主观化的人性设定统一标准时（比如认为婚姻才是幸福的源泉，而单身就是妨碍社会进步的罪恶），最终结果就成了虚伪残酷的极端主义空壳。

| 吉光片羽

极端主义害死人

极端主义的产生最初让人咋舌是因为酒店里的一套完整的治疗体系,但出逃之后原本期待的"正常"社会却变本加厉,从一个极端走向另一个极端,甚至采取更加残酷血腥的刑罚惩治人们正常的情感需求。当然电影中是假设,现实生活并没有这么极端的政策。然而这部希腊人拍的电影却反映了一个普遍的全球性的对两性关系和婚姻家庭的反思,虽然略微耸人听闻,但单身如果有一天真的有罪,而婚姻爱情成为一把政策规则的保护伞,附和在世俗的衡量标准上,孩子只是调和剂,我们也就岌岌可危了。

David 在初入酒店时,管理人员问他,如果你的期限到了,你最后想变成什么动物?他说我要变成龙虾。因为他们能活100多岁,血液呈蓝色,这很凸显贵族气质,而且我热爱大海和游泳。另一个女孩到期之前,说她最想做的事是单独看那部 River Phoenix 主演的《伴我同行》[①](1986)。

---

① 《伴我同行》(Stand by me)是一部 1986 年的关于成长的电影,是冒险成长题材电影中的经典影片。

《布鲁克林》：纽约梦的女性视角

　　从爱尔兰小镇到纽约布鲁克林，艾莉斯（Ellis）经历了一系列改变她人生轨迹的人和事。乡愁是一剂爱情催化剂，她在布鲁克林爱上的水管工 Tony 只存在于她在纽约的爱情中，换个地方，回到家乡，她爱上的是 Jim。人生就是选择成灾，艾莉斯最终会选择哪里，跟谁生活呢？她的选择是基于爱情还是自我价值的实现呢？纽约对于艾莉斯来说，不是表面上的"大世面"，它已经帮她完成了女性自我价值的构建，也让她试图摆脱世俗（男权）社会给她戴上的枷锁而来到一片更广阔的天地。正如波伏娃[①]所说："女性被莫名地变为'他者'，并一直如此。我们要觉醒并成为那个独一无二的'我'。"

一场纽约梦

　　商场里的营业员是 20 世纪 50 年代的纽约大多数年轻女孩从事的工作，比如《卡罗尔》里的特莉莎（Teresa）。她们稍经培训就能上岗，虽收入不多，但也算稳定，朝九晚五，按部就班。工作

039

期间还能跟各类客人打交道，有时候忙于应酬可以让人稍微不那么沉浸于自我觉察。艾莉斯初来纽约，在布鲁克林的一家百货商店帮人包装礼物。由于性格原因加之初来乍到的陌生感和思乡情绪，她总是一副提不起精神的样子，甚至还想家想到哭。

与《布鲁克林》同期的、时代背景设置到20世纪中叶的电影一起扎堆，它们都对服装、街景、食物、餐具、口音等十分考究。艾莉斯的爱尔兰口音在刚开始要成为大熔炉的纽约已然成为她的一种身份象征和庇护，她凭此渐渐融入纽约打拼的爱尔兰老乡们的生活。纽约接纳和包容着来自世界各地的大批移民潮，满足人们生活所需之上的各种设施和建设应运而生，娱乐生活纷繁绕眼。比起家乡的小镇，显然这些都成了巨大的诱惑，正所谓"外面的世界很精彩"。电影的色调是一种怀旧的复古，餐桌上的餐具也闪着那个时代特有的光芒。女孩们开始探索世界和自我价值，一切都充满了生机。

几次乡愁

艾莉斯听着家乡的民乐，眼泪不自觉地流下来，这是她的乡愁。她应神父之邀在圣诞节期间帮助发放圣餐给爱尔兰籍的流浪汉，虽然他们都是年迈的、早已没了灵气的老人，但艾莉斯在递给他们圣餐的时候感受到了来自家乡的熟悉气息：他们的口音，他们骨子里的血脉和民族性。这件事像一把大手彻底打开了艾莉斯乡愁的水龙头，她在商场柜台后看着顾客就止不住地想家流泪。尽管是自己选择离开，但还是忘不了妈妈和姐姐围绕身边的温暖。家的定义此刻成为一颗凝在脸颊的泪珠。她深夜里读着姐姐的来信，在字里行间寻找一股气息，但这终于惹她大哭。

生命中接踵而来的变故我们谁也无法左右。对于艾莉斯来说，姐姐 Rose 的突然死亡改变了她原本的足迹，刚适应纽约生活的她不得不回家。变故带来的无疑是伤痛和心碎，但回了趟家，才让艾莉斯完成了自我选择的理性建构。纵然家乡有她需要的很多，但小镇的封闭落寞、流言蜚语猛地给她一记重击，让她从爱情的漩涡里和周围世俗的狭隘里摆脱出来，最终选择去纽约这样的大城市继续她的生活和创造。

纽约附近的海边度假是艾莉斯和 Tony 感情升华的地方，这里人声喧闹，气氛轻松，她穿着明亮的绿色泳衣，和 Tony 融化在海里。而在家乡，爱尔兰的海岸线更显阴冷，这里空旷无人，只有他们四人——两对年轻人来到芦苇摇曳的岸边，也是在海边，她觉得自己爱上了 Jim。景观环境映衬着人物内心的变化，这部电影中最唯美的海边画面都伴随着爱情的发生，也是一位女性穿过爱情迷雾认识自己的过程。

此外，盘点这一时期的复古电影，发现它们共同的特征：考究的着装（精致细微，男女差异）、精致的妆容（女孩们复古的妆容）、复古的发型（波浪、发带、油光闪亮）、人物内心微妙的张力拉扯，以及和《美国往事》《卡罗尔》相似的色调和镜头感。

①西蒙娜·德·波伏娃（Simone de Beauvoir，1908 年 1 月 9 日—1986 年 4 月 14 日），法国存在主义作家，女权运动的创始人之一。1949 年出版的《第二性》，在思想界引起极大反响，成为女性主义经典。

《房间》：故事的几种可能性

布丽·拉尔森（Brie Larson）凭借《房间》（2015）这部影片拿下了2016年的奥斯卡金像奖最佳女主角。《房间》也是我个人非常喜欢的一部作品。导演伦尼·阿伯拉罕森（Lenny Abrahamson）的这部《房间》之所以被影评人赋予如此高的评价，不是因为故事本身，而是他选择讲故事的视角：即第一人称叙述者——小Jack（一个五岁的男童）。有趣的是，这种视角提供给观者另外几种假想视角的想象空间。我们可以一一假设，然后找出最具创造性和戏剧价值的一个。

视角一：老Nick

他是实施犯罪的人。强奸、囚禁，邪恶势力的代表。他是小Jack的生理父亲。女主Joe的生活来源供给者。他是个戴眼镜、开红色皮卡、个子高高的怯懦"好人"。

如果他是第一人称叙述者，故事会怎样呢？我们应该给予一个心理变态的罪犯同情还是攻击，这取决于他的故事是否能让观众产生同理心或代入感。他独居，所以有可能承受了丧亲之痛，也有可能经历了黑色童年，或者他冷血无情杀死了所有亲人。他对待Joe和小Jack并不完全泯灭人性，他们之间形成了一种犯罪心理学所谓的"斯德哥尔摩综合征"，Joe被迫依赖于他，但看得出她心理上的强烈抗拒——如何保护小Jack不受Nick的污染。当小Jack假死，却意外骗出了Nick的眼泪和崩塌的防范意识，他最终决定扛着草席去扔小Jack的尸体时，这个人物的复杂性格得以呈现。虽然是零碎的拼图，镜头遮掩了他的长相，但他残忍的一面（断电、强暴、囚禁、殴打等）和软弱的一面（买日常供给、看见小Jack的惊讶、为小Jack的死而流泪）让这个人物成为一条值得更多思考的线索。这跟观众的犯罪题材电影的观影经验息息相关。

视角二：Joe

Joe十五岁时在回家的路上就被Nick诱骗绑架，从此成了失踪人口。一失踪就是七年。如果第一人称叙述者是她，那必定是一部"越狱记"，因为这七年她应该会无数次地想要逃跑。也应该是一部"励志剧"，让人学会如何在绝望的环境中生存下来，并对人生抱有希望。这个故事的反转在于Joe怀孕并生下Jack，他的出生像是为她的生命翻开了新的一页，尽管Joe还是得不断抗拒一个事实：这个孩子的一半基因来自囚禁她的Nick。她必须先要说服自己，然后说服 Jack 否认父亲这个存在。而最大的戏剧高潮来自她和 Jack 获救后如何重回社会和家庭。她抑郁过，自杀过，但最终基于强大的母爱渐渐好转。这部电影并没有完全摒弃 Joe 的视角，有些时候是她和 Jack 的视角交叉或相互对比。

视角三：Joe 的母亲/父亲

电影中 Joe 的母亲出现得比较多，继父也成为一个温馨角色，而生父似乎成了抛弃她们母女的人。如果故事的叙述者是母亲，她一定经历了常人无法想象的磨难：女儿失踪导致一个家庭破裂，导致一位母亲差点没有活路，就像《囚徒》①（2013）里的母亲。但最终她挺过来了，重新结了婚，从悲伤中抽离出来。母亲的性格并不强势，她不像《囚徒》中的休·杰克曼（Hugh Jackman）演的那位父亲，几近于偏执，想代替法律和上帝惩恶扬善，但最终不得不自食其果。这位母亲是温和的，绝望、悲伤、愤怒过后，是她的坚强。她活过来了，并有了自己的生活。而当失踪女儿有一天回归的时候，她依然有力量给她一个家，给小 Jack 一个外婆。

视角四：导演（编剧）的另辟蹊径

然而，一切假设似乎听起来都不那么完美。导演选择小 Jack

的视角似乎是这个老掉牙的犯罪片中唯一出彩的地方。这部电影巧妙地把主题设定从犯罪（已无深度可挖）转移到孩童世界观和价值观的建构上（环境和教育的力量）。他未被污染的心灵和世界足以治愈已被摧残的成人的身心。电影里小 Jack 稚嫩的旁白，像日记一样记录的日常，让我们忘记了他们是囚犯，而感受到生活的美好和初心，人类对世界的探索既坚强又脆弱，既伟大又渺小。而让小孩子在怎样的心理环境中长大，这部电影或许给出了某种答案。自由和爱到底对于一个孩子的性格塑造有多重要，这是个且行且待讨论的永恒主题。

① 《囚徒》(Prisoners)是 2013 年的一部犯罪悬疑电影，导演是加拿大裔的丹尼斯·维伦纽瓦（Denis Villeneuve）。

《海街日记》：带着故事的食物和充满仪式的日常

是枝裕和的电影总是在夜晚治愈那些被生活历练的疲惫心灵。从"生活好美"到"生活其实并不那么美好"再到"即使生活没那么美好，也要美好地过下去"这种逻辑，他剥离了附着在真实生活上的灰色尘埃，坚持着一份令人动容的简单。而那些生活中看似日常的简单细碎和毫无意义，此时却成为是枝裕和电影的灵魂。

和《步履不停》(2008)相比，这部《海街日记》(2015)的四位女主角都是年轻女孩，她们承担了狗血剧情里的扫尾工作，淡化戏剧性，淡化缺失的爱(父爱母爱)。在镰仓旧居的屋檐下、梅树下，描写充满生活感的家族人情，像溪流一样轻快平静而有力量。《步履不停》里，"在人生的路上，他步履不停，却还是慢了一步。"虽然慢了，但他从容淡定，连父母失去儿子的悲痛都被揉碎了洒在生活这片汪洋大海里，跟着时间的脚步，观察那些额头的皱纹和黑夜里的不眠。不动声色。

《步履不停》里，老父亲慢慢走过日头正浓时的那条老街，尽头是淡淡消逝在天际中的海，这镜头就像《海街日记》中四姐妹穿着葬礼上的黑色衣服，漫步在灰色的海岸线边，有着继续活下去的满格生命值。

镰仓的颜色

镰仓这座海滨小城,街景的镜头都像自动带上了滤镜:淡的海岸线,淡的绿色,郁郁葱葱,淡的电缆线;白色的房子、天空和灰色的马路;被晒得发白的石阶;还有佳乃白色的衣裙。四姐妹的家在一片绿树成荫的小径深处,是典型的日式建筑。院落里有一颗梅子树,电影里四姐妹一起摘梅子、酿梅子酒的段落像一首将爱传承的抒情诗。外婆在世时,也会把剩下的梅子分给邻居们。

吃的仪式性

日本电影里关于吃饭这件事恐怕是各类文化背景下最具仪式性的了。"我开动了",这样的话音刚落,围坐在饭桌前的一家人开始动筷,并且讲究吃的礼仪,不要端起碗扒饭啦,不要随意搅动饭菜啦。日本电影中的"吃"本身是实时发生的真的吃,尤其在是枝裕和的电影里,小津安二郎[①]就不同了(他的电影中"吃"具有一种功能性叙事的作用)。演员们要真的把食物送到嘴里,并且做饭的过程也事无巨细地展现。因为是枝裕和在食物里埋下了家族情结和感情脉络。吃饭期间的谈话并不只是剧情发展的需要,还把日常生活的细碎用"吃"的方式呈现出来,跟他电影的灵魂相契合。

樱花隧道

小玲是三姐妹同父异母的妹妹,父亲过世后,她们邀请小玲一起来镰仓同住。小玲跟男同学骑自行车在两岸开满樱花的路上一路驰骋,十几岁的少女抬头呼吸初夏的甜软空气,偶尔飘落的樱花花瓣落在发间,她张开的双臂像要拥抱整个世界。这些用影像和配乐传达的美好情绪的冲击力并不亚于一场传统意义上的戏剧冲突。三姐妹幼时经历了父母离异、母亲改嫁离她们而去的悲伤,而小玲也一直承受着母亲是第三者这样的压力。父亲死后,三姐妹是如何接纳小玲的呢?她们从没有怨恨和愤怒吗?是枝裕和处理这些看似狗血的剧情时用以柔克刚的手法,这种力量或许更悠长,像外婆留下的梅子酒。

相处的热爱

人与人之间的感情也不是凭空建立的。小玲初到时,也有迟迟不能突破的隔阂,但随着一笔一画落在实处的相处细节:一起抓卫生间的蟋蟀,一起给小玲的足球赛加油,一起穿和服赏花放烟火,一起酿梅子酒等,人与人之间才建立起一种热爱,热爱彼此的陪伴,也热爱生活的各种况味,有着好的坏的一起面对的勇气。

整部电影散发出如风吟如雨落的镜头感。你看不见风的吹动,但你通过镜头感受到那是一阵欢快的风;你看见落在镜头上的雨点,你想伸手去擦掉它,但你想:或许我们的主人公们需要这场雨呢。镜头里的世界或许都是真的。

①小津安二郎(1903—1963)是日本大师级导演,代表作《东京物语》《晚春》《秋刀鱼之味》等。他以低视角仰视拍摄方式独树一帜。

《索尔之子》：虚焦的意义

如果说奥斯维辛事件之后，写诗是野蛮的话，那《索尔之子》带给你的就是用影像的粗糙质感给你套上头套戴上镣铐带你走过血淋淋战场的战俘待遇，有着被砍头的危险。比野蛮还真切的切肤之痛，是你对人类犯下的罪有着自我厌弃的绝望。我们还活着，而且这份原罪会世代传递，历史的车轮小心翼翼地碾过，我们祈祷它不要走歪。

电影播放了五分钟的时候，我按下暂停键。很久没有这样一部电影，让我感到生理的恶心。不是个体，而是纳粹组织的整体屠杀行为，我感受到一种普遍的抽象意义上的反省——对人类的存在以及对杀戮本身。

镜头机位的摆放像是架在主人公索尔肩上，索尔前方的整个画面大多数时候是虚的，比如索尔和他的同伴们充当"秘密搬运工"，在厂房里引导同族进毒气室，毒死之后进屋转运尸体，全部搬完之后清洗血迹斑斑的地板，把成山的赤裸尸体扔进焚尸炉。整体行为的背景化和虚焦化处理让画面有一种粗糙的质感，观众看到之后像砂纸一样摩擦你的视觉感受，从而带来一种不适。很多镜头都是索尔的肩膀以上清晰，观众只能看到他的后脑勺和"制服"后背上一个大大的鲜红的×。索尔的清晰与背景的模糊构成了一种立体效果,观众像是被强行绑架的介入者,跟在索尔背后,不是看眼前所发生的一切,因为你看不清,而是感受所发生的一切,包括索尔不惜一切代价找寻拉比(犹太人中的一种身份,类似于老师或智者)安葬"儿子"。

感受有一个最大的特点,就是走心。越走心,越容易产生同理心和同情心。况且视角的切入点只有一个:索尔。在他看见那个男孩在毒气室之后还喘着一口气的那一刻,他麻木的脸和机械的行为突然有了一些变化。在接下来的行为中可能付出的代价和索尔下定决心要做的事并没有一个明确的原因,唯一的"他们是父子"的说法还遭到了质疑。所以看完整部电影,观众疑惑不解:他为什么要冒着生命危险去安葬一个不确定是不是"儿子"的孩子?

索尔一次次通过"秘密搬运工"组织的内部人脉寻找拉比,镜头的私密正好给了他们窃窃私语的机会,他们拉扯、耳语、推搡,这个秘密语境之外是纳粹军官无休止的谩骂和监工。镜头的纯主观化试图让观众理解索尔,一气呵成地不要问只管做之后,我们停下来开始反思行为动机。这种双层语境和内外虚实的形式引人深思。

如果这个男孩不是索尔之子,那么他为什么要安葬他呢?我只能猜测:

1. 毒气室里男孩的幸存唤起了索尔麻木已久的良知和对犹太同类的怜悯。通过安葬男孩,通过那些在如此极端环境里的仪式感，获取自我安慰，解脱罪恶感。

2. 索尔或许真的有一个一样大的孩子，在他看不见的集中营死了，他通过另一个男孩完成对他的夙愿。

3. 拉比念悼文的时候环境很恶劣，是他们逃生路上的一片树林。而且拉比的表现让我们疑惑他是不是真的拉比。观众和索尔期待的仪式感遭到破坏，之前一切努力似乎都要付诸东流。不过男孩的尸体没有被焚烧，索尔将他入土为安。这或许象征索尔需要一个物化的希望，一个让他能够活下去的理由。

4. 希望——象征：索尔和搬运队的几个人跑进树林的小木屋里暂歇时，门口突然出现的金发男孩像是对这种执念的回应，即男孩的重生。然而周围纳粹的追杀或许是对生存困境的再现。如何在绝境中保存一点希望和执念，这个命题虽然残忍，但在巨大的苦难面前人们必须以生命之由寻找一点希望。

《年轻气盛》：一场由近及远的告别

美学风格鲜明、主题关乎人生哲学是这部电影最大的特点。定格画面有时候看起来像是影像化的意识流。两个耄耋之年的老人在瑞士阿尔卑斯山脚下的度假酒店里，停下来回顾一生，也有闲趣在游泳池里看世界小姐的身材。其余的人各有况味。即使你停下脚步，不要那么步履匆匆，亦无法阻挡生命本身前进的步伐。所以，看似这片山水平静无染，实则哪里都上演着人生这场大戏的喜怒哀乐。

作曲家的一生

女儿是他的经纪人，他的成名曲叫作《简单乐章》，年轻时写给妻子的。虽然一生多吵闹，但最终还是当着女儿的面表露对妻子的初心。英国女王派使臣邀他去宫廷演奏，他义正言辞地拒绝了，理由是这首歌只为妻子作。电影末尾，他登台指挥，年轻的歌唱家投入地唱着，而老头心里看到的是在养老院孤独终老的患阿尔茨海默病的妻子。他对她倾诉衷肠，像是演着一场独角戏，其实是需要这样的仪式让自己安心，弥补年轻时人人都会犯的错。那场女儿情绪激动的戏，可以算作这部电影的情绪高潮。她在丈夫出轨之后，性情烦躁，在酒店的休息室与父亲聊天时，终于说出对父亲的怨怒，他怎样对母亲不忠，怎样自私。特写镜头在这几分钟里用得恰到好处，我们跟随她渐渐激动的情绪和脸上的表情变化，看到她湿润的眼眶、流出的眼泪，从牙齿缝中挤出的大不敬的诅咒，似乎是一阵飓风，将坏情绪连根吹走。渲染的力量在悲剧的包裹下凸显出来。

导演的一生

准备在这座酒店及周边取景的导演跟作曲家是老朋友。他计划着自己的息影之作，也不曾放弃一鸣惊人的梦。只是电影中女主角的出现把他残忍地拉回现实，"your movies are shit."。然后是两个人坐在一副滑雪板艺术品前面的争吵。跟作曲家女儿的情绪爆发一样，争吵让他们撕掉伪装的和善，把压抑的讨好放在一边，用刺痛的伤人的字眼戳向彼此的心脏。但是，也成就了所谓的死而后生。最后导演站在一片草地前，想象镜头中该有的女主角都出现在了草地上，她们穿着不同的服饰，来自不同年代，说着不一样的台词，但都一脸怨怒。

人生百态的群戏

不爱说话的按摩女服务员只在夜里对着电视屏幕跳舞，动作像是按下了慢放键；大腹便便的马拉多纳背上纹了个切格瓦拉，不是在游泳池泡着就是去球场上颠颠棒球；作曲家女儿始终不明白丈夫出轨的原因，直到他跟攀岩教练一起被困在悬崖峭壁上含情脉脉；来自加州的演员演着冷酷的希特勒，没事的时候总是观察，问他最想念什么，却回答：回家去，回到父亲的房间里；赤脚的僧侣置身于天地间，眼前是白雪皑皑的阿尔卑斯山谷，渐渐地，他离开地面，升了起来。

每个人说出的话都是经过沉思之后说出的真理：除了肉体的痛苦我们还剩什么？他失去了一生中最美好的时光。年轻时，你看到的风景都离你那么近，那是未来。年老时，你看到的风景都离你远去，那是过去。

诗意的哲学需要被放置在安静的冥想环境中才会得以发酵。有时候，故事本身可以达到这样的效果，但这部电影，多半是人物和对话，故事的冲突被埋没在每一句对话里、每一个动作里，还有眼神，或微妙、或直接。

这是一种反衬，用年老来表现年轻。他们都曾年轻，也正年轻，即将年轻。热爱生活也罢，没有尽心投入也罢，老去才让真相浮出水面，适合什么，不适合什么，哪些该做，哪些不该做。

人生最后一抹春光,你想看什么?

年轻气盛之后,才敢老去。

《闯入者》：纵向的人性剖析

我对《闯入者》(2014)的导演风格并不陌生，只是看过太久，需要在观影记忆的洪流中耐心打捞。《十七岁的单车》《青红》《红色小提琴之中国篇》等，都是读书期间打发枯燥学习之余看的。那时候还没有很强的鉴别力和敏锐的嗅觉，还无法一眼看透，也没有觉察到王小帅的深刻。

《闯入者》主演吕中、冯远征、秦海璐、秦昊等人都是内地大荧幕的骨干，也是一部看完不想立马起身的电影，更是一部心中无限叹息的电影。主题类似于反映历史创伤的一系列电影：《活着》《末代皇帝》《霸王别姬》等，但是《闯入者》不仅揭露了历史遗留的创伤，而且把现当代社会的突出病症串联起来。很多影迷从不同角度诠释"闯入"二字的含义。

一是母亲邓美娟（吕中饰）对两个儿子生活的闯入。不打招呼在两个儿子家随意进出，一头窜进厨房不管不顾就做起孙子爱吃的狮子头。不跟儿子沟通，接孙子放学并带去坐公交。买了菜直接去二儿子家，把他的恋人撞个尴尬。这是一种中国社会普遍的代沟，两代人价值观和生活方式的冲撞。要说孰对孰错，也没有标准。

二是流窜窃贼(石榴饰)对邓妈妈生活的闯入。他是为这部电影贴上悬疑标签的主要原因。先是对邓妈妈电话骚扰,再是小区内入室盗窃、持刀杀人,接着被邓妈妈收留、吃西瓜留宿等,最后揭示身份,从而引出一段 40 年前的恩怨情仇。

在这两重比较明显的闯入之下,很多人看到了更高意义上的抽象的"闯入":时代特征对个体精神的闯入,历史创伤对普通家庭的强行闯入等。

纵向的人性剖析是建立在跨越 40 年的愧疚和煎熬中的:邓妈妈难以释怀的一桩陈年旧事像蚂蚁一样不时侵扰她年迈的心。当年在贵州的工厂里,回京名额只有一个,她不惜一切代价写检举信告发老赵家,结果使老赵一家成为那段历史的炮灰,在贵州破败的工厂里默默度日,那个少年窃贼就是已故老赵的孙子。

只是这部电影的宏大主题并不孤单,它被包裹在对个体人性的拷问之中。已经发生的悲剧持续伤害着后来人,然而当今的社会问题并没有停止戕害,一件件生活中的小事其实都折射出社会的诟病和生而为人却无法逃离的污染。

这部电影关于救赎的主题并没有实现,导演或许并不想让邓妈妈得到救赎,因为他说陈年的创伤无法救赎,它是持久的隐痛,直到人们学会真正面对它。

《小森林夏秋篇》[①]：倦怠了就回来吧

日本东北的小村庄，名叫小森，满眼望去是层层叠叠的小森林和绿油油的成片稻田。湿度快要100%，水分快要渗出屏幕。市子想象自己长出了鱼鳍，可以游起来。呼啦一下游了出去，定格在湿漉漉的空气中。这个场景肯定最还原漫画。这是"小森"的夏天。

我喜欢镜头一路跟着市子追着她的自行车，在柏油山路上一路下坡，转弯处我担心镜头跟丢了她，因为自行车要比机动车灵活多了。车子铃声颠得丁零作响，风吹着衣摆和发梢，湿气和汗水混合在一起，弄湿了市子的领口，刘海儿湿答答分成几缕。"逮着连绵阴雨里放晴的空隙，从山口往下看，小森好似沉睡在蒸汽下。土壤里的水蒸气，争先恐后地要散发出来，小森地处盆地底部，山里的水蒸气不断地涌入这里，温度随之也不停升高。"艾蒿刚被拔掉，今天又长出新芽，年轻的市子在田间劳作，感觉自己浑身也长出植物一样。田间大妈过来打个招呼，又各自劳作。自己种植自己享用，遵循的是最古老的传统。就在这样的土地上，从城市逃回来的市子开始做出带着记忆痕迹的一道道美食。所以支撑起如此恬静淳朴的乡间生活的，必然是有故事的人生，这只是治愈过程，回来就必然会离开。在这样的生活中汲取够力量，就回去现代生活中继续普通人的生活。又或者，他们只是暂时停下来，做出一个选择，认真地、慢慢地、负责地。

【1st dish: 烤面包】

夏天点炉子是为了驱走潮湿产生的霉菌，炉子的热气让市子想起烤面包。用火炉的余火，200度左右。

小麦粉，发酵粉，和面，揉面，让面团吐气，像烙饼。

窗外夏雨连绵，树梢上立着几只白鹭。呆呆地。

【2nd dish: 酸米酒】

除草需要长时间弯着腰，把杂草从稻田里捞出来。还时不时要拍蚊子。好辛苦。先在砂锅里酿米酒，米和酒曲混合，放置一夜，酸甜口。再加入酸奶或原浆酒，等半天。冒气泡的时候就可以过滤了。用白纱布，捏出液体，倒入玻璃瓶，放入冰箱。那是夏天的味道啊。割草除草之后咕噜噜喝几杯，简直太幸福。加冰块最爽。

傍晚，夕阳西下，蝉鸣林愈静。市子一般都等佑太来一起喝。

【3rd dish: 胡颓子果酱】

市子的回忆渐渐浮现。小时候吃果子的酸涩，看着落了满地的果子被踩烂，满心忧愁，以及在城市里和分手男友的生活细节：抓不到路边的胡颓子果，倔强地一直跳，死活不接受男友摘下的果子。后来分手了，便回到小森。想起曾经为男友而下厨的自己，说好笨。

采摘，去籽。加入果汁重量60%的糖或者一样重的糖，熬制。至浑浊深粉色。抹在面包上当早餐。

"做菜能看出人心，用用心。"妈妈说过。

"胃里住的青蛙又叫了？"饿的时候妈妈这样问。谎言建构小朋友的童话人生，终究要破灭。人生要看时机。

【4th dish: 伍斯特酱油】

在胡萝卜的收获季节，把胡萝卜、生姜、辣椒、芹菜叶切碎，锅里放水、汤料海带、丁香、胡椒粒、泡过甜料酒的青花椒、月桂树叶、鼠尾草、麝香草，倒入切好的蔬菜，用中火熬浓。熬到水剩一半时，加入酱油、醋、甜料酒、粗糖，煮一个小时左右。用漂白布过滤，灌入玻璃瓶。

市子以为是妈妈的秘诀自制，可在超市发现时，简直不敢相信原来这么普及。幼年时期的习惯是很难改变的，长大后还是习惯自己做伊斯特酱油，浇在炸鱼饼上吃。

【5th dish: "抹了吃"】

采摘来榛果，磨成浆，放上可可粉、糖、搅拌。做成"抹了吃"（nutella）。

原来这也是超市里已经风靡全球的巧克力榛果酱。又被妈妈骗了。果酱被厚厚地抹在面包上。吃的时候，市子发现夏日夜间造访者：大天蚕蛾、独角仙、各种蛾子，还有萤火虫和熊，后者偷果子，专搞破坏。还有猫头鹰，待在房顶，奇怪地叫。

【6th dish: 雨久花味增酱】

从沼泽和小溪周围采来雨久花，剥皮，焯水，味增调味，腌制。剁成酱，配米饭。

【7th dish: 烤鲑鱼和鲑鱼味噌汤】

本来已经走出小村落的年轻人为什么还会回来呢？人生是不是跟你计划的很不一样呢？

"负责任地将自己实际做过的事和内心感受表达出来，也不过就是那样简单的事吧。我很尊重拥有很多这类体验的人，也信赖他们。"佑太说。

"什么都没做过，却以为自己什么都知道。只不过是将别人做成的事从右边移到左边，越是这样的人越是嚣张。听这些浅薄的人说那些空洞的话让我厌烦。"市子说。

和佑太一起把鲑鱼放入池塘，忙完之后，一起烤鲑鱼吃。

"我，不想过那种被人杀了，然后吐槽杀人方式的人生。"

"离开了小森我才发现，小森的人们……比如我父母，真的值得我尊敬，因为他们过的日子，说的话是有内涵的。"

佑太回来是为了直面自己的人生，而市子说他是逃回来的。

【8th dish: 西红柿意面和冰镇西红柿酱】

西红柿既顽强又脆弱，随便把西红柿小苗扔到土里就能长得茂盛，但雨水过多就会蔫掉死亡。市子不确定用不用塑料大棚，因为她不想就这样永远待在小森。炎炎夏日，吃个西红柿就能满血复活，所以还担心什么呢。

自制西红柿罐头，留着冬天做意面用。洗净，先热水，后冷水，之后去皮，玻璃罐里腌制，热水里煮沸，冰箱里冷藏。

年轻时候，拖着不决定似乎也是一种必要。没什么非要匆匆决定，万一后悔了呢，折回去多费事。所以慢慢来，好好做个长久的决定吧。

"不知不觉，天空已经有了秋天的味道。"

倦怠了就回来吧，厌烦了就停下吧。没逃避过的人生才不完整。

我们知道市子终究会做出决定，而夏天只是个开始。

① 《小森林夏秋篇》是日本导演森淳一的作品，同系列还有《小森林冬春篇》（2015），均根据五十岚大介的漫画作品改编。

| 吉光片羽

《蛇之拥抱》:文明的归途

在亚马逊神话中,外星生物起源于银河,乘着一条巨蟒来到地球。当你对如何在这世上生存有疑虑的时候,你可以通过"卡皮木"和他们取得联系。大蛇会再次由银河降临并且拥抱你。这个拥抱将带你去遥远的地方,去甚至连生命都还不存在的地方,去一个足以颠覆你对世界认知的地方。我希望这是这部电影对观众的意义。

——导演语(2015)

去找寻　跟着你的心　聆听万物的召唤
花豹尖锐的眼神是这片土地的骄傲
蟒蛇光滑的脊背是这造物的杰作
只有人类
太久只看到自己的"文明"
却一直费力迷惑
究竟怎样与万物共处

去南美　去亚马孙河　跟随人类最早的步伐

人类学家担负整个现代文明的重任

不惜踏上危险丛生的热带雨林

深入部落腹地孜孜不倦

学习他们古老的智慧

语言可以练习

食物可以适应

习俗可以模仿

唯独精神世界鸿沟累累

哥伦比亚人带来了枪炮和奴役

橡胶一夜之间成为工业帮凶

利益与金钱

私心与贪欲

殖民和堕落

早已深深破坏了这片土地上由来已久的宁静

年老的人种学家 Theodor Koch-Grünberg

和年轻的植物学家 Richard Evans Schultes

像是一场年龄的轮回　德国和美国

西方工业文明来的"闯入者"

前前后后　纷至沓来

对于科瓦诺族的祭司 Karamakate

他们不分彼此　是一个人
只是生命轮回
给他机会完成之前没有完成的事
在这条永无尽头的路上
寻找 Yakruna
寻找文明的归途

1. Yakruna 真的存在吗？

在一些学者眼里，Yakruna（一种虚构的治百病的神奇花朵，俗称死藤水）这种南美丛林中的神奇植物是确实存在的，只是叫法不一。在电影里，当最终年迈平和的 Karamakate 带着 Richard 在一片高地的黑色岩石上找到它的时候，还有唯一一朵盛开的花，他轻轻虔诚地摘下，捣碎研磨，煮食，给 Richard 服用。接着是无数彩色幻象：导演用动态的几何线条式的影像还原了原始部落在岩壁上看到的一些图案——鸟/眼睛/圆圈/宇宙。这些图案是电影里唯一的色彩，在接近电影末尾的时候，观众很容易被吸入这些幻象之中，像难以抗拒的磁铁力场。在一篇访谈中，哥伦比亚导演希罗·盖拉（Ciro Guerra）[1]说道："电影完成之后放给部落原型的人们看，他们看到这些图案，都惊叫可怕。出现幻觉是由于学者们一直吹捧的 Yakruna 的神奇致幻作用，他们声称这种植物能帮我们看到与现有文明平行的其他文明，能督促人类带着敬畏和虔诚生活,是对西方工业文明的一种监督。"

另有一些人坚持认为,这种植物只是一种虚构,代表着日渐或已经没落的丛林文明:至高无上,神秘,神启和非人力所为。电影的灵魂人物科瓦诺族祭司 Karamakate 年轻时候就一直坚信:Yakruna 不能被寻找,不能被种植,更不能随意食用,你只能凭运气,凭你对自然之神的敬畏和身心极度和谐,神力才会让你看到并找到它。所以当他带着 Theo 找到遗失的族人,但发现他们已经大量种植 Yakruna 的时候,愤怒之下,一把火烧了所有植物。对于他来说,这是一种修行的象征。在朝夕变换、潜藏危机的亚马逊丛林,只有去感悟自然的力量并顺从规律,或许才能有幸一试。所以,当人种学家 Theo 在另一部落助手的带领下前去寻找 Karamakate(下文简称 K)并请求他救他一命的时候,后者严词拒绝。他仇视白人,认为他们是破坏者,完全不懂自然和神力。白人从来不去倾听自然的声音,只会一味掠夺和殖民;白人不会控制和自律,只会一味放纵和享乐;白人也不会认真对待整个世界,只会盯着手上的财富和心中的私欲;白人不会将自我融入自然,只会低头看地图和手机。K 告诫 Theo 下雨之前不能捕食河里的鱼,遵守了才能让神听见你的诉求,带领你找到 Yakruna。

但这两种文明的冲突一直都没有停止,Theo 时刻都要被这些教条式的虔诚逼疯,他跳进河里拖着疲倦的身子扎到一只鱼,生啃着叫嚣,挑战 K。K 也会气愤地夺过 Theo 手里的地图,狠狠扔到河里。我们并不能肆意决定到底哪种文明好,但这些电影中最直接的具象的冲突,却最好地表现了融合的意义。没有痛苦和争议，融合就完成得并不彻底，那些无关痛痒的嘻嘻哈哈，只是没有彼此刻入脑海并替换掉一部分固有观念的敷衍。他们吵架甚至打架，这个过程始终都沿着亚马孙河流缓缓流淌，一直前进，没有停止。

在两种文明的冲突下，我们似乎不幸地看到了结果，那些神秘古老充满智慧的丛林文化渐渐消逝，似乎用橡胶工业打开殖民闸口的工业文明占了上风，疯狂式掠夺和占有已经将这片土地变得荒芜，原始的文明似乎难以抵抗这种鲸吞蚕食。但是，《蛇之拥抱》（2015）的意义就在于此：还原丛林文明的古老智慧，让沉浸于现代文明并愈发觉察到其问题所在的人们积极反思和试图去发现和寻找另一种文明的可能性。我们并不是要完全摒弃和否认现有的文明成果，而是在此基础上，体察还有别的可取的文明方式和智慧之道。

2. 西方文明留在亚马孙流域的伤疤

西方人在攫取利益和金钱的驱动下，对当地部落造成的毁灭在这部电影里得到了赤裸裸的再现：已经沦为奴隶的橡胶工，在Theo的助手朋友难以忍受自己部落的族人受这种奴役进而打翻所有橡胶桶之后，他的族人祈求Theo开枪杀死他。而这之前，他已经没了一只胳膊。"奴隶制"听起来像是几个世纪前的词了，但并不代表这种现象完全消失。如果说西方文明在这条神秘的流域埋下了毒瘤的话，那一定是这种资本主义奴役。

在这种白人优越的"无法无天"的隐秘世界里，毫无克制的人性之黑暗就被默默激发：K 带领 Theo 一路漂泊，独木舟在风雨里摇摇欲坠，他们找机会停靠岸边，寻找补给，却发现有的部落，人数稀少，仅剩的族人被白人"魔王"控制，烟雾缭绕，疯狂放纵，像是地狱之魔在无人知晓的封闭世界里为所欲为。或者西方天主教强行进入之后，对年幼的部落孩童洗脑控制，动不动就加以鞭刑，毫无希望可言。

这里是一片地狱和黑暗的温床，白人文明的凌驾和统治来的毫不费力，他们从体力和思想上全方位奴役和利用丛林部落，血腥和残忍却早已经颠覆了文明应有的样子。或许，这片丛林是"真正的文明"的试金石，直到某一天，我们足够自信我们的文明，才可以踏进去试试，看能否积极正向地与之融合，并扬长避短，共同进步。

电影中，亚马逊支流旁，一群白蝴蝶环绕着 K，看起来像是人与自然和谐相处的隐喻。直到我看了导演访谈，才知道这都是拍摄现场自然发生的情景。他们并没有人为制造这样的景象。我才更加相信，这部电影的启示意义之所在。

3. 我们应该阻止科技文明对于原始部落的侵入吗？

Theo 在与他关系友好的某个部落处度过一晚之后，临走前发现指南针不见了。他试探性地询问是否有谁拿了他的指南针，却无一人回应。最后 Theo 在族长手里找到了，并试图要回来。族长却强行要以物易物，我并不想对部落的道德加以评判，毕竟只要一开口，也会有些许现代文明的优越感。此时的 Theo 不能再忍，他开始抢夺指南针，但最终被劝回。他小声说道自己作为一名人种学家的私心：指南针会让他们丧失自己的传统文化——利用自然信号判断方向，利用古老智慧追寻时间等。所以，从保持人类文化的多样性和对传统和古老智慧传承的角度来说，我们到底有权进行人为的阻挠吗？

客观地说，我们没有权利，也不应该如此自私。高科技带来的便捷和享受是人们都想要的，也是一种进步的表现。它对于科技文明还不太发达的原始部落，就像天外之物一样神秘和难得，他们有权享受和应用。但如果这种文明超出了他们原有文明的发展阶段呢？就像断层一样，这是否会在道德缺失和对于科学的了解还不够发达的时候，也成为一种不可控的力量呢？最终的结果就是，他们成为科技文明的炮灰和奴隶。（谁又说我们不是呢？）

要感谢这部电影，对另一种文明的可能性做出的如此深刻的诠释。这部电影"是年轻的哥伦比亚导演希罗·盖拉写给南美大陆的黑白影像诗"，所以年轻人一样可以很深刻。

①希罗·格拉（Ciro Guerra）是哥伦比亚导演和编剧，1981 年生。他于 2015 年执导的《蛇之拥抱》获得当年夏纳电影节导演双周单元的艺术院线奖，并于 2016 年获得第 88 届奥斯卡金像奖最佳外语片提名。

《瑞普·凡·温克尔的新娘》：还是那个岩井俊二

如果说是枝裕和的电影是对生活场景最朴实的还原，那么岩井俊二的电影就满足了我对实际生活之外那颗怦怦跳的少女心的幻想。在他制造的影像里，我可以一直活在16岁，最多成长至20岁。与北野武相比，他擅长拿捏少女们的心思和感情。他电影中的人物永远都是情窦初开的花季少女。他故事里的哀伤不大不小，刚好占满一个不谙世事少女的心房，却不足够悲天悯人、感天动地。他的故事大部分也具备"狗血"剧的情节设计，一些人生中难得的巧合和偶遇。岩井俊二的电影主题并不宏大，他的主人公甚至有些被动和不作为。她们习惯被外界力量牵着走，不疑问，不自省，也不抱怨。但每一个角色都情感充沛，内心有爱做依撑。

这部《瑞普·凡·温克尔的新娘》（2016），你怎么也不会联想到是岩井俊二（1963年生）的作品。黑木华略带懵懂的表演，烘托出一股原初的生命力。她并不算顺利的人生在每个节点都会节外生枝。这让她总在事情发生之后用与环境的融合或对抗来抚平内心的创伤，但并不见得她有所进步。在岩井俊二的电影中，理性的自省和反思是缺失的，就像中岛哲也那部《被嫌弃的松子的一生》(2006)一样，松子并不具备改变命运的能力，且缺乏主动性，因而有了那句充满哲理的"生而为人，对不起"。这种类似的人物性格和命运的设计同原始社会人与自然的关系有几分相似：在自然的巨大力量面前，用生而为人的勇气和生命的本能活到最后一秒。不问为什么，不思辨，只是对抗或者顺从。

黑木华在山田洋次《小小的家》(2014)之后成为一名炙手可热的影坛新人。她红红的脸蛋和羸弱的声音让人觉得质朴无华。适合演那些天生弱小的人，然而骨子里都是hard-core（顽强坚韧的）。《瑞普·凡·温克尔的新娘》里，她跟从网上认识的男人约会，第一次见面时站在人群里孤独弱小的身影是炙热的，如她对待生活的态度一般。她稀里糊涂跟这个不怎么了解的男人结婚，又莫名其妙被婆婆暗算离婚，在一个下雨的午夜被推上出租车开往无处可去的人生下一站。迷路时候在荒无人烟的雾中拖着几个行李箱哭得像迎来了世界末日。然而人生的转机却无处不在，本以为这是一部少女被骗记，谁知后半部分开始转向岩井俊二最钟爱的百合片。镜头里的色调从阴雨、黑色、欺骗、背叛变成一片纯白的百合花。

两段被骗的人生带给七海（黑木华饰）不一样的体验，她任由他人主导她的人生，一次次被拉入别人的人生，但每一次她都用最大的力量去感受和融入，从而也在攀附性的人生底色涂上自己的颜色。她以自己的方式，冲破黑暗和谎言，依旧能绽放如初。

从《情书》(1995)、《四月物语》(1998)到《花与爱丽丝》(2004)，再到这部岩井俊二将少女心带入花甲之年。

《不良少女莫妮卡》I：莫妮卡的私奔

与英格玛·伯格曼的其他作品相比，这一部观看起来容易得多。这部 1953 年的黑白电影，用完美的自然光影映出一场现代性的悲剧，令后来类似的主题都像是拙劣的模仿。

对于影迷，翻看业已老去的或是早已辞世的大师们的作品，总是带着一种朝圣的心情。看小津安二郎，我几乎要迷信得算天气；看侯麦，我嫌弃某些客户端模糊的资源而放弃；看特吕弗，我要把电脑擦干净摆在书桌中央；看德·西卡，我先要在脑海里构思一遍自行车之于我的意义；看希区柯克，我要拉起午后的窗帘；看侯孝贤，我要先翻翻《最好的时光》(2006) 那本书。法国新浪潮也好，台湾新电影也罢，能为影迷吹来一股清新的风就足够了。影史上不乏电影大师们，但各自对胃口的也就那几个。我从第一次看伯格曼的电影起，就预感他的电影够我看一辈子。因为有些电影，只能在该看的年龄来看，才会看懂。比如我至今不懂《第七封印》(1957) 和《芬妮与亚历山大》(1982)，或许还有《呼喊与细雨》(1972)。有时候，"一枝折得，人间天上，没个人堪寄"。

悲剧是我会主动选择的电影类型和文学体裁。研究生时候读文学理论，才为这种趋向找到了理论解释。只有悲剧才会对人物的人格进行升华和深化，是一种最彻底的情感宣泄途径。"悲剧渊源于古希腊，由酒神节祭祷仪式中的酒神(狄奥尼索斯)颂歌演变而来。"它有震撼人心的力量。欧里庇得斯、索福克勒斯和埃斯库罗斯(悲剧之父)，这些悲剧诗人的诗作从最广为人知的英国维多利亚时代的莎士比亚(四大悲剧)到如今文学专业学生的记忆中得以传承。英雄悲剧让人唏嘘感慨历史英雄的悲壮起伏，关乎整个人类的一种情结。"小人物"平凡命运的悲剧，是社会阶层在历史车轮裹挟中的无奈和悲怆，它囊括人一生的奥妙。

《不良少女莫妮卡》是家庭悲剧和命运悲剧的结合。它想说的或许是现代家庭对于个体(尤其女性)的意义，加之女性人物的命运走向，悲剧的指向究竟是对于莫妮卡，还是哈里，或是针对整个社会?

现代性的体现除了个人主义的兴盛之外，还有女性的启蒙和觉醒，主要以波伏娃《第二性》为代表。当然，还有道德的现代性和审美的现代性(与真实性的统一)。莫妮卡在本片中的语言行为同时符合以上所有现代性，然而结局如何又悲剧了呢？主要在于个体现代性不被社会环境和众人所认可接受，从而看上去莫妮卡的结局很荒凉，但如果有荧幕外的生活，我相信她一定是思想和行为最相统一的一个，她的内心是自由快乐的。

私奔的主题历来是爱情故事所青睐的，它象征浪漫、无畏和自由，是歌颂爱情最破釜沉舟的方式。韦斯·安德森在《月升王国》里让一对小人儿私奔孤岛，在河边做饭、梳洗、讨论人生，是《莫妮卡》里私奔之后海边生活的另一种镜像诠释。脱离原有生活轨迹而选择一种毫无管制的荒郊野外,似乎是私奔的普遍形式。莫妮卡只穿着内裤和毛衣,在岩石间跳脱得像只小鹿,她轻盈的步伐是心灵被解放的外在体现。她在河里洗澡,用河水做饭、烧水,并且说:"我们要反抗,反抗他们所有人。"自主划分了一个二元对立的世界。而她跟哈里的跳舞、拥吻都是为从压迫中逃离的庆贺。她明白自己想要什么,在那一刻。

黑白影像里的河面波光粼粼,跟《苏州河》里充满工业味道的肮脏灰暗的河道形成意义上的对立,莫妮卡和哈里驾着船只在艳阳下驰骋,形成一种想象空间的色彩反差建立的自由浪漫二人世界,实则并不能完全脱离社会而存在,莱利的闯入和破坏象征了二元对立的无所不在。他纵火、烧船,与哈里打斗,都是生活中具有真实性的破坏。先是外在的客观环境被打破,接着是莫妮卡和哈里两人之间平衡和谐的关系被打破:莫妮卡怀孕了。在饥渴难耐的荒野,妊娠期的饥饿让她不得已偷窃被抓。之后伴随的是她无休止的抱怨和哭泣。夜晚猫头鹰和蜘蛛网这些意象是对莫妮卡彼时心情的映照。她喊叫道:"我不要过这样的生活,也不要回家。"愤怒和吼叫是卡在进退两难的困境中的本能反应。

"为什么有人运气总是很好,而我们总是很差?"面对莫妮卡的诘问,哈里回答:"我们在我俩的美梦中。"美梦早已成为噩梦,莫妮卡已经醒来。

看罢之后,是"小风疏雨萧萧地,又催下千行泪"。

《不良少女莫妮卡》II：莫妮卡的凝视

私奔的结局依旧是回归社会，这就像一个圈。

回到镇上之后，他们准备迎接一个孩子的到来。迫于出走带来与原生家庭的割裂，莫妮卡和哈里都没有选择再度回归各自的家庭，他们依靠年迈的哈里姑妈，靠她帮衬租下了一套公寓。

然而孩子的出生换来的并非家庭的重归于好，伯格曼此刻给哈里一个镜中特写：他抱着孩子表情沉重，在镜前端详了好几秒。这预示着哈里生活的重担才刚刚开始。他一方面要照顾婴儿，一方面要学习成为工程师，养家糊口。同时还要面对莫妮卡无休止的抱怨：没有衣服，没有电影，没有面包，觉也睡不好。婴儿的出生并没有让莫妮卡成功转变为一个负责任的好母亲，她还是那个她。终于难以忍受如此枯燥拮据的生活，莫妮卡开始跟莱利约会，带他回家，"又开始恋爱"。

莫妮卡在约会的餐厅，点上一支烟，缓缓转过头来，用几十秒的时间凝视镜头，这一"范式"被评论家认为是："那一刻，电影史上才首次出现毫不羞怯地与观众直接接触的表演形式。"莫妮卡的凝视是她在理直气壮地与观众对话，眼神的桀骜不驯是在挑战男权社会的窠臼。她毫无愧疚可言，导演故意选择让对面坐的莱利缺失，近景全部呈现并持续呈现这位姑娘的魅力。观众也许被看得羞怯，因为我们多少希望她能牺牲自我。

最终是离婚。她永无止境的欲望终于让哈里难以忍受，她用仅有的付房租的钱买了新礼服，穿去跟别的男人约会、调情。并说："我想趁着年轻享受快乐。"莫妮卡是典型的抛家弃子只顾享乐型的"不良少女"（她跟哈里结婚时不到18岁）。孩子自然留给了哈里和他姑妈，她自由了。

莫妮卡的女性形象有这样一些典型特征：

1. 颠覆传统。她放纵，背叛丈夫，不负责任，并不承担生育的后果。

2. 忠于自我。她不会牺牲和妥协，用享乐放逐自我。

3. 主动选择。她主动发起私奔，主动放弃婚姻，并主动反抗现实，主动辞职，与一切藩篱对抗到底。

波伏娃在《第二性》中说道：女性自古以来都是男权社会语境下的"他者"。然而莫妮卡，无论其行为和话语，都有明显的超越迹象：超越"他者"，成为主导者，成为那个"我"。

| 吉光片羽

《焦土之城》：拒绝剧透

在我买来投影仪和一千块的 DVD 之初，挑了个岁月静好的夜晚看了一部电影，名叫《囚徒》(2013)。那是一部可以堪称经典的悬疑犯罪片，故事胜在剧本，它对掌镜者的要求之高在于他能否不把这样的剧本搞砸。显然 Denis 胜任了，并且很出色。就是从这部《囚徒》开始，我知道了这位作品不多但都质量上乘的加拿大导演丹尼斯·维伦纽瓦(Denis Villeneuve)。

他的叙事和掌控力都潜藏在胸有成竹的慢节奏里。悬疑片的剪辑节奏在我看来还有一类杰出的代表：本·阿弗莱克(Ben Affleck)。他代表了干脆利落的快节奏镜头语言。他 2013 年获奥斯卡金像奖最佳影片的那部《逃离德黑兰》让我紧张感爆棚，不用说《消失的爱人》(2014)和《失踪宝贝》(2007)这类悬疑佳作。《逃离德黑兰》的历史背景让影片质地更厚重，政治思想更凸显。但无疑这类电影并非只为悬疑而磨人胃口，支撑它的一定是某种人性的折射和社会规律的批判。《焦土之城》既兼具历史的悲怆，也不乏精彩的命运悲剧。总体来说是一部格局更宏大的有关女人的命运史诗。

在俄狄浦斯情结(Oedipus Complex)的类比里，Denis 用结尾令人困惑的 1+1 为什么要等于 1 这样的呢喃引起观众思考，其实更多是震惊，惊的是如此荒诞的命运劫数，究竟有什么道理可言？《焦土之城》(2010)其实是一部命运悲剧下的历史隐喻。伦理在炮火下已然扭曲得面目全非，即使开花结果，也是世间最苦的果。看似是命运的偶然概率，实则是历史扭曲的必然结果。这样的果出路在哪里呢？母亲纳瓦尔在遗嘱里反复点明的"爱"即唯一出路。这种爱既是无私的，又仿佛带着某种政治意图，也教会她的孩子们在知道真相后如何与自我、历史、命运和解。

终其一生在斗争的母亲临终前留下三封信：一封给她的一对龙凤胎孩子们的哥哥，一封给他们的生父，一封要在前两封都送达之后由姐弟二人同时打开。围绕着神秘的三封遗嘱，Denis 徐徐展开这幅史诗般的画卷。他用平行蒙太奇，同时展开两条叙事线：姐弟俩踏上寻父找兄之路，母亲的一生也开始以线性叙事的节奏被呈现给观众。一条线以现在为起点，追寻过去；另一条以过去为起点，解释现在。最终的交叉点落在一个人身上，像点燃的一颗炸弹一样有力且具有破坏性。

Letter 1

"写这封信的时候我的手不停地颤抖，我认出你来了。可你没有认出我。真是一个不可思议的奇迹啊。我是你的 72 号犯人。这封信会由我们的孩子交给你，你不认得他们，因为他们都长大了,可他们认识你。我想让你知道,他们还活着,你肯定说不出话来了吧,我知道,因为沉默就是所有的真相,签名:72号犯人。"

Letter 2

"这是写给我儿子的信,不是写给那个刽子手的信。不管怎么样我永远都会爱你。这是你出生的时候我答应你的。不管怎么样,我永远爱你。我穷尽了自己的一生,终于找到了你。你可能不认得我,但通过你右脚脚跟上的胎记,我认出了你,我以前见过它。你看起来好极了。亲爱的儿子,我愿花光一世的甜蜜来将你铭记,别难过了,因为世界上最美好的事就是在一起。你是在爱里出生的。你的弟弟妹妹也是在爱里出生的。世界上最美好的事就是在一起。你的母亲:纳瓦尔·马万/72号犯人。"

Letter 3

"亲爱的孩子,你们的故事该从何说起?从你们出生那天说起?那会是一个可怕的故事。从你们父亲出生那天说起?那将会是一个充满爱的故事。要我说你们的故事得从一个承诺说起。这个承诺可以终止一连串的愤恨。谢谢你们今天我终于做到了,愤恨已经终止。我终于可以把你们抱在怀里,给你们唱一支摇篮曲,让你们安心。世界上最美好的事就是在一起,我爱你们。你们的母亲,纳瓦尔。"

这片焦土之城成为人们心中的迷城,无论是影迷们猜测的黎巴嫩,还是叙利亚,它将这记响亮的耳光嵌在满目疮痍的历史上空,久久回荡。这位母亲的遗嘱,以这样的方式终结:"只有打破沉默,遵守诺言,我的坟上才能竖起墓碑,并刻上我的名字。"

| 吉光片羽

《帕特森》：庸碌日常中的理想主义自救方法

日常的生活状态如果只能用一首首小诗来表述的话，你会如何写呢？这部贾木许（Jim Jarmusch）的新作用沉闷的生活日常和流水一样的诗意镜头来衬托想象力和诗歌的伟大。正如有些影迷所说："贾木许的独到之处，在于他能将低成本电影制作拍出特殊的韵味——冷漠疏离的意象，漂泊流浪的情结。"这与是枝裕和的表达逻辑或许有某些共通，那就是通过某种方式来歌颂日常生活中蕴含的巨大能量。贾木许用公交司机这样小人物笔下汩汩流出的一行行诗作来掀起一场日常的洪流：他歌颂一个火柴盒、一幅妻子绘制的浴帘、妻子早晨的睡姿和酒吧里的人生百态。

公交司机帕特森（Paterson）每天都6点半起床，每天清晨的镜头机位都没什么变化：近距离俯瞰，床上的夫妻俩，妻子在丈夫怀中熟睡，丈夫起床前的亲吻。第二个镜头是早餐：帕特森独坐餐桌前，牛奶泡麦片，吃完去上班。他的灵感来源于日常生活中的每一处细节，然而他的生活看起来是两点一线的单调重复。帕特森脸上基本不带任何表情，他的生活空间也极其有限。可每次他写诗，都让观众感受到"美妙思想"之魅力，都不忍假设：如果帕特森不写诗，他就真的只是一个平平无奇的 bus driver，正如片中十几岁的小女孩所说,"He is a bus driver that likes Emily Dickinson."①这部电影的戏剧性全然来自这句简单的描述。

帕特森的诗写得未必真的好,他妻子的创作也未必有天赋,但好不好已经无所谓了,只要他们继续保持这种诗意的生活状态和心境,就是对诗歌最好的诠释。所以说,艺术才让我们的日常变得有趣,也让歌颂日常的理由显得不苍白。

Monday | Ohio Blue Tip

We have plenty of matches in our house

we keep them on hand always

currently our favorite brand is Ohio Blue Tip

though we used to prefer Diamond brand

that was before we discovered Ohio Blue Tip matches

they are excellently packaged, sturdy

little boxes with dark and light blue and white labels

with words lettered in the shape of amega phone

as if to say even louder to the world

here is the most beautiful match in the world

its one-and-a-half-inch soft pine stem capped

by a grainy dark purple head so sober and furious

and stubbornly ready to burst into flame

lighting, perhaps, the cigarette of the woman you love

083

for the first time, and it was never really the same
after that
All this will we give you
That is what you gave me, I
Become the cigarette and you the match, or I
the match and you the cigarette, blazing
with kisses that smoulder toward heaven

帕特森的妻子是一名家庭主妇,她喜欢烘焙(烤纸杯蛋糕),喜欢创作,把家里一切当作素材,她彩绘了墙,画了浴帘,还给自己做衣服,她称自己为视觉系艺术家,她还梦想当一名乡村歌手。她总是充满活力,言辞间流露着爱意,在帕特森的呵护下,婚姻没有改变她半点,她像一只林间小鹿一样充满灵气。她一心支持帕特森的理想,每天鼓励他坚持写诗并督促他一定要发表,她认为他的诗必须让世界读到才不会误了这美好。

帕特森说:"She understands me."。

Tuesday | Another One

When you're a child
you learn
there are three dimensions:
height, width and depth

Like a shoe box

Then later you hear

There's a fourth dimension:

Time

Hmm

Then some day

There can be five, six, seven...

I knock off work,

Have a beer

At the bar.

I look down at the glass

And feel glad

Wednesday | Poem

I'm in the house

It's nice out: warm

Sun on cold snow

First day of spring

Or last of winter

My legs run up

The stairs and out

The door, my top

Half here writing

帕特森说他要为妻子写一首诗,一首情诗:*Glow*。

When I wake up earlier than you and you

Are turned to face me, face

On the pillow and hair spread around,

I take a chance and stare at you,

Amazed in love and afraid

That you might open your eyes and have

The daylights scared out of you.

But maybe with the daylights gone

You'd see how much my chest and head

Implode for you, their voices trapped

Inside like unborn children fearing

They will never see the light of day.

The opening in the wall now dimly glows

It's rainy blue and gray. I tie my shoes

And go downstairs to put the coffee on.

帕特森每晚都去酒吧小酌几杯,顺带遛狗。他带着一丝啤酒的味道回家,第二天一早妻子总会说你闻起来真好。有一天,帕特森在路上遇见一个小女孩,她为他读了一首自己写的诗:

Thursday | Waterfalls

Waterfalls from the bright air

It falls like hair

Falling across a young girl's shoulders

waterfalls

Making pools and asphalt

Dirty mirror with clouds and buildings inside

It falls on the roof of my house

It falls on my mother and on my hair

Most people call it rain.

Friday | The Run

I go through

Trillions of molecules

That move aside

To make way for me

While on both sides

Trillions more

Stay where they are

The windshield wiper blade

Starts to squeak.

The rain has stopped

I stop.

On the corner

A boy

In a yellow raincoat

Holding his mother's hand.

  妻子周末在农贸市场上热卖她的 cupcakes，他们高兴地去庆祝。可回来时，Marvin（他家狗狗）把他落在沙发上的笔记本撕得粉碎。这大概算得上剧里最大的戏剧冲突了吧。妻子好伤心，帕特森原本第二天就要去印出来，她把所有的碎片都收起来，期待有朝一日能用高科技拼接。帕特森没有发火，他默默坐着，说："Now I don't like you, Marvin."，并安慰伤心的妻子：没关系，那些只是写在水上的句子。这或许是他说过最美的一句诗。

  他又一次坐到帕特森镇的瀑布前，在那里，他曾写下无数诗句。

  像当年的 William Carlos Williams[②]一样。

  也是在这里，他在创作上获得了重生。一位日本诗人到此地旅行时送给他一本笔记本，并赠言："Sometimes empty pages represent more possibilities. Aha."。

Saturday | Pumpkin

My little pumpkin,

I like to think about other girls sometimes,

But the truth is

If you ever left me

I'd tear my heart out

And never put it back

There'll never be anyone like you

How embarrassing.

Sunday | The Line

There's an old song

My grandfather used to sing

That has the question,

"Or would you rather be a fish?"

In the same song

Is the same question

But with a mule and a pig

But the one I hear sometimes

In my head is the fish one

Just that one line

Would you rather be a fish?
As if the rest of the some
Didn't have to be there.

又回到周一,帕特森准点醒来,亲吻妻子,起床上班。随身携带着他的秘密笔记本。

①文中提到的 Emily Dickinson(艾米莉·狄金森,1830 年 12 月 10 日—1886 年 5 月 15 日)是一位美国传奇诗人,从二十五岁开始弃绝社交,在孤独中埋头写诗三十年,留下诗稿一千七百余首,她被视为二十世纪现代主义诗歌的先驱之一。

②文中提到的 William Carlos Williams(威廉·卡洛斯·威廉斯,1883—1963)是 20 世纪美国最负盛名的几个诗人之一,其诗歌具有象征派和意象派特征。

《海边的曼彻斯特》:他生活在过往之中

他生活在过往之中。

《海边的曼彻斯特》(2016)并不是英国那个曼彻斯特。它位于美国新罕布什尔州南部。电影中的配乐是严肃的女声合唱,随着漂浮在海面上的捕鱼船,悠扬悲悯。电影开头是一段沉浸在欢乐时光的回忆,而欢乐早已成为主人公 Lee 人生中仅供回忆的残破片段,与之伴随的,是一段无法触碰的过往。

凛冽的海滨小镇包含了世界上最苦楚的一段人生。因"你"而铸成的大错并没有以观众期许的一部电影的时间得以逆转。无论电影时间是否和现实时间等值,Lee 都没有走出去。没有和解可言,如果这是你所期待看到的话。他自此成为"过往"的殉难者,独自生活。

Lee 在远离家乡曼彻斯特的另一个城市做着管道工的工作,沉默寡言。他每天上门修理管道、通厕所、铲雪、修理电线,面对形形色色的户主:有人鄙视他,有人调戏他,有人恶言侮辱。他都保持最低限度的社交需求。下班后去喝一杯,面对有意与他示好的女人冷淡得像一块石头,却因别人的窃窃私语,冲上前大打出手,Lee 是一颗一点就爆的炸弹。他的痛点渐渐侵蚀了他的安全区域。在陌生的城市一隅独居地下室，整夜盯着电视屏幕聊以度日。

对于Lee目前生活日常的交代，导演以完整的上门修理和交涉的三个长镜头为主，中间用带有重复性质的日常工作镜头作为切换，如铲雪/扔废旧家具/Lee负责的四栋公寓楼全景/街景，将一个沉默隐忍、不善社交、面无表情的苦闷男人的形象呈现于银幕之上。

回忆的盒子被一通电话打开。Lee的哥哥Joe突发心脏病去世，他必须立刻驱车前往曼彻斯特市处理后事。蒙太奇剪辑手法以记忆闪回的方式穿插在这条时间线上。Lee总是想起他们乘船出海的开阔。也就那么几个瞬间，却总被眼前的事拉回来。过往的力量隐藏在此刻的洪流裹挟之中，乘机冒出来。

Casey Affleck（Lee的扮演者）的演技在医院走廊里的几段对话中彻底爆发，之后一发不可收拾。他依旧隐忍，没有眼泪，但表情和聆听的状态显然已经灵魂出窍，只说了句："Oh fuck this!"。眼睛扫过地面，之后就开始井井有条地布置后事。电梯间里的记忆闪回回到哥哥Joe的主治医生身上，病房里有Joe、Lee、他们的父亲，还有Joe的妻子Elise。这场对话摆明了人物关系，为后来做铺垫。Joe和妻子关系紧张，Lee讨厌Joe的妻子，Joe和Elise最终因为后者酗酒离婚。停尸间里最后告别时，Lee终于表露出他的情感，流下了眼泪并拥抱彼此。

Joe死后一连串的后续问题也随之而来：Joe的未成年儿子Patrick的监护权和抚养权由谁接手，Joe生前的船该租还是该卖，

Joe 的尸体要怎么办，怎么联系殡仪馆，等等。Lee 开始奔走于这一切猝不及防的琐事，来不及沉浸在自己的悲痛过往中。然而曼彻斯特这个伤心地，只要再回来，就一定会深陷泥潭。冬日晴空下，曼彻斯特明亮又晃眼，像 Lee 死去的女儿们不经意的笑。在一切发生之前，Lee 是三个孩子的父亲，两个四五岁的女儿和一个襁褓中的儿子。他和妻子 Randi 的感情起起伏伏。Lee 放浪形骸，没心没肺，朋友成群。

在此之后，照顾 Joe 的儿子 Patrick 成为 Lee 重新振作起来的主要契机。电影开头出海钓鱼的回忆就是 Lee 和六七岁的 Patrick 在甲板上嬉闹的温暖画面。而这个回忆又一次出现在 Lee 在医院的等待中。Uncle Lee 的家庭责任和社会角色也一同来得措手不及。Lee 和已经上高中的 Patrick 相处起来并不轻松，一个由于琐事和过往缠身、一个青春期加刚失去父亲，两人经常吵架。但我格外喜欢看他俩的戏，有足够的张力。叛逆期的少年同时交了几个女朋友，Lee 还要帮着打掩护，同时，Lee 试着承担监护人的职责，而非像 Patrick 小时候一样，他们的谈话轻松无虑。电影的笔墨重点在后半段他们的日常相处中。

Lee 对于打倒他的那场事故，是在律师事务所，办理 Joe 的遗嘱时，突然得知他是 Joe 指定的 Patrick 监护人时开始的，回忆汹涌，难以停止。深陷泥潭的无力和窒息，让荧幕外的观众在这起悲剧面前几近崩溃。美国著名影评人 Roger Ebert 说："电影允许我们进入他人的精神世界——这不仅意味着融入银幕上的角色（尽管这也很重要），也意味着用另一个人的眼光来看待这个世界。在所有的艺术中，电影最能唤起我们对另一种经验的感同身受，而好的电影让我们成为更好的人。"我们跟随 Lee 经历着他的过往和现在，在情绪上我们也经受着重创和打击，恢复的时间要比这部电影长很多。Lee 安置好 Joe 的后事，最后决定孤身一人回去，Patrick 交由 Joe 的朋友 George 领养。Lee："I can't beat it, I can't beat it, I'm sorry."他终究是无法摆脱犯下的错。

Randi 是 Lee 的前妻，因为他的过错心碎离婚。Joe 的死让两人再次碰面，他们在葬礼前的街角相遇，这是 Randi 的扮演者 Michelle Williams 的一场重头戏。她重新组建家庭，推着新生婴儿，看似走出了过往的阴影，可是真正提及他们二人的悲剧，她抽泣哽咽得话都说不完整。若干年过去了，她也明白了一个道理："我冲你说过很多糟糕的话，但我知道你还从未……或许你不想跟我再有接触了，无论怎样，我那时心碎不已，它也会永远一直那么碎着，我知道你的心也是，但我不会再背负着……我说过那些话……我应该被扔进地狱永世不得超生，我很抱歉，我爱你，你不能就这么消沉，我看你像这样游荡着，我不想折磨你，只想告诉你，我错了。"但 Lee 说他的心已经空了，什么都不剩。两人最终竟无语凝噎，Lee 仓皇离开，眼泪横飞，他终究是走不出来了，哪来的那么轻易地跟自己和解。Lee 不能，我们很多人都不能。曼彻斯特的风和雪把一切都染成白色，就像 Lee 的那颗心，除去过往，只剩一片凄切的白。

Casey 凭借此片斩获第 89 届奥斯卡金像奖最佳男演员。当影片最后，Lee 和 Patrick 再一次开船出海钓鱼时，那悠扬的和声再次响起，跟开头一样，我们看完了这个悲伤的故事，陪伴这个叫作 Lee 的男人一起经历不寻常的人生。即使深陷泥潭，无法原谅自己，难以跟自己和解，Lee 依然需要活下去。他会独自生活，在一个陌生的地方，继续当他的管道工，而我们依旧陪伴他。如果在街头巷尾遇见他，请尊重他的沉默寡言，因为他生活在过往之中。

| 吉光片羽

《亚利桑那之梦》：飞鱼和仙人掌

　　看这部电影纯属偶然，一日翻看友人赠予的电影日历，海报上赫然醒目的亚利桑那州巨大的仙人掌和暮霭西沉的空旷天际，像一阵夏日热浪袭来。我想起八月里站在巨大仙人掌下的分不清现实还是梦境的过往。

　　这部电影里的 Johnny Depp（约翰尼·德普）还年轻，白衬衫笼罩下的青春美少年，做着些荒诞不经的梦，怀揣着天马行空的梦想，像哥伦布探索新大陆一样热切渴望爱情和生命。与《不一样的天空》（1993）里的沉重和责任相比，梦显得轻盈和神经质。后者用来形容导演埃米尔·库斯图里卡的电影最为贴切。《地下》（1995）用长达三小时的荧幕时间呈现战争（二战）的荒诞：那些战争中被炸的动物园，是流散四处无家可归的动物们再也回不去的故乡，如同人一样。大象用长鼻卷走皮鞋，小猩猩目睹母猩猩被炸得血肉横飞，成群的鹅拼命鸣叫，白马流离失所。两个男人同一个女人的爱恨纠缠夹杂着国破家亡的悲悯。这位南斯拉夫导演的作品带着一种复杂的民族情感，超现实表象和荒诞不经包裹下的是一颗鲜活的探索和革命之心。1995 年库斯图里卡问鼎威尼斯电影节最佳导演奖。

再来看看较早的《亚利桑那之梦》(1993)，较之民族史诗片的宏大，它是一部彻底的个体生命的诠释，关于梦、梦想、生和死。如果说库斯图里卡善用隐喻的话，那这部电影中的梦境就是他的隐喻之泉：穿梭过冰天雪地到达亚利桑那的大鱼、因纽特人的雪橇、随风飘动的红气球、爬满床的陆龟、飞向月亮的救护车等等。

Axel（Johnny Depp 饰）睡去醒来，在时间的缝隙里做梦和追梦，渴望爱也毁灭爱。与 Axel 纠缠的一对母女是库斯图里卡电影中神经质的集中体现。

Axel 先爱上 Elaine（Grace 的继母），后又转而爱上 Grace。他在探索爱情的道路上逐渐发现自我并明确爱的本质。Elaine 和 Grace 这对母女水火不容，她们用极端的神经质和外向的情感表现方式彼此诋毁。Elaine 是没有成熟起来的母亲，而 Grace 是向死而生的悲观主义者。她们争吵、打架、贬损、嫉妒，但却保有爱。当 Axel 被女性魅力吸引爱上 Elaine，是因为她说她有一个飞行梦。他爱的是她在亚利桑那红色晚霞里酝酿出的理想主义情怀。于是他帮她实现飞行梦：一次又一次制造飞行器。像当代男人们常用的伎俩，你的梦想就是我的梦想，Axel 却真正身体力行了这句带有欺骗性的甜言蜜语。

然而当他想要将破坏者——Grace 置于死地的时候，他对她燃起了不一样的爱。Grace 决绝、不怕死、直面人生，天生带有毁灭性的力量。即使她爱着的 Axel 在对她表白之后，她依然在大雨滂沱的雨夜，用一顶淑女帽包裹着左轮手枪自杀。向死而生的人从来不惧怕死，只是活着已经将她的生命损耗殆尽。

我最爱的场景是 Axel 和 Grace 在屋顶安装灯泡时的短暂甜蜜。头顶的亚利桑那天空蓝得刺眼，远处是几棵茂密的大树，一望无际的旷野上站着几株仙人掌。Grace 抚摸 Axel 的背，他们亲吻。随之迎来最具狂欢性质的 Elaine 生日派对。演奏歌队具有希腊悲剧里的隐喻特性，围绕着 Elaine 和 Grace 的情感拉扯已然转化为 Axel 参与之后所引起的三角恋张力，就是在这场电闪雷鸣的爆发中，生与死交替，爱与恨纠缠。

Axel 目睹 Grace 的死，而后向生而死。他越发热爱活着，生的美好和爱情的原力给他亚利桑那最美好的梦———一场飞翔梦。他在结尾处睡去，梦中的他飞回极圈内，化身因纽特人，与叔叔围着冰洞钓鱼，他们捧着钓起的鱼，一起放飞它。它穿过云层，飞往梦想之地亚利桑那，穿梭在巨大仙人掌中间，飞向月亮。远处分不清是朝阳还是晚霞，只剩一片红光普照。

《童年往事》:迷影的路标

这部电影,我看过很多遍。

这部电影的英文名 *The time to live and the time to die* 早已透露了玄机:关于生死的时间。阿孝的人生并没有终止于童年,他继而长成少年、青年,走过中年,迈入老年。这部电影是侯孝贤的童年自传。他说:"这部电影,是我童年的一些记忆",而我们都知道,童年对一个人的影响到底有多深。

看过几遍,但没有哭过。每一遍都在开头的《童年往事》(1985)配乐里很快沉入,曾经找来蔡琴的演唱版本单曲循环。时间的哲学性质是这部电影的精髓,而侯孝贤最了解如何通过镜头语言表现时间。

"一直到今天,我还会常常想起,祖母那条回大陆的路,也许只有我陪祖母走过那条路,还有那天下午,我们采了很多芭乐回来。"结尾处的这段旁白,让很多人想起马尔克斯《百年孤独》的开场白:"多年以后,奥雷连诺上校站在行刑队面前,准会想起父亲带他去参观冰块的那个遥远的下午。"它们的相似之处在于用时空间隔营造起一座已然消逝的不会再回来的记忆宝塔,其中是独特却又有人类共情的生命史。电影是还原和再现最集中有力的艺术表现形式。

经过时空考验的记忆总被打上一束温柔的光,我们不自觉地美化和筛选。虽然如此,但这束时光的温柔质地还是把镜头里的人和事涂成了阳光渲染的金色,去除了黑暗跟污点,只剩佛光普照的悲悯和沉思。

开幕是日常生活的背景杂音:鸟叫声、空气颤动声、人走过的声音以及切菜的声音。"高雄系政府宿舍"一块牌匾挂在屋外。故事在导演亲自说的画外音中渐渐展开,几张幻灯片式的开头,交代地点。如果说这里有什么互文性的话,那一定是小津安二郎的"留白"和"空",在《东京物语》《晚春》《秋刀鱼之味》中都有体现的灯塔、云彩、火车、天空、电线、晾晒的衣物等。镜头从"高雄系政府宿舍"推进去,进入第二层室内内景,用中景,再远处是庭院,有植物和砖墙。这种景物的层次性追寻着时光和记忆深处透出的光亮,一直延伸,像庭院里明媚的夏日。三层结构用了典型的框中框:日式拉门—门内中庭(榻榻米、书桌和台灯、竹椅)—庭外院落。另外,其光影也通过朦胧的玻璃产生渐变的效果:从黑到灰再到亮白。最深处的庭院和闪动的光亮有一种吸入式作用,是一个记忆的巨大黑洞。

接下来几组镜头,从远到近,动静结合。

远景:阿孝与兄弟们/动/打闹嬉戏

中景:妈妈和姐姐/动/做家务

近景:父亲/静/坐竹椅上

童年时候的阿孝与小伙伴玩弹珠和埋弹珠的这组镜头饱含超

脱与克制的"观而不语",这与阿孝埋钱—丢钱—找钱,而父亲一直作为背景不参与形成呼应。阿孝被妈妈痛打,屋子里乱成一锅粥,父亲依然静坐竹椅上。阿孝童年的记忆中,父亲一直体弱多病,不能运动,由于哮喘,跟孩子们不亲,去世的时候也是静悄悄一声不吭,从阿孝和几个兄弟姐姐的背景中淡出。父亲的隐忍克制是阿孝多年以后才能回味和理解的人情世故。

电影中关于夜晚的戏,光影很美,昏黄的灯光从头顶投射下来,一家人围坐在一起吃饭,周围一片暗淡。一家人爱的温度在那个不善表达的年代和沉默的民族性格里,只能用一盏灯来表现了吧。白日的戏,光影之美集于庭院里斑驳的树影和那盆水泛起的粼粼波光中。在这些表现时间流逝的"景观"背景下,作为流动影像的人物进进出出,给父亲看病的医生,他悄然不语,生怕惊扰了这静谧时光。在这样的热带小镇,阿孝抢电线工剪下的铁丝卖钱,考试给人家看要收费,然后用这些零花钱买包子吃。突然一天,平淡无奇,与昨日明日并无两样的一日,阿孝就变成了少年,读了初中,世界也就不一样了。

夏日暴雨过后,镜头里随风摇动的树冠,潮湿多情。随便谁在柏油路的十字路口支一架摄影机,拍下一棵夏日暴雨后的大树,或许摇摆时划过天空的轨迹都与电影中一致。多么随机却又凑巧,像我们各不相同却不陌生的记忆轨迹。植物叶子被雨打风吹了一地,阿孝一家各自忙活,点燃炉子后四散的炊烟,在潮湿的空气里显得尤为凝重,飘不起来,聚成一团,像墙壁上湿绿的叶子粘了满墙,也像少年时浓稠的情思和心绪。邮递员来了又走,留下信和邮票。父亲默默看信,阿孝等待父亲看完再撕走邮票,端一碗水,泡了邮票上的胶,再捞出来贴在玻璃上。

少年的阿孝,在集市上收保护费、抽烟、扎老师自行车胎、追赶人力车夫、打群架、追女生、雨天唱情歌,也完成了第一次性经历。在小镇上逼仄的红灯区,阿孝的体验式经历在漫长蜿蜒的人生回忆中也只占了两三帧画幅的场面调度。阿孝跟吴素梅之间的懵懂爱情也只以一句"等你考上大学再说"而结尾。

日式结构的房屋里,生活着阿孝和四个弟兄,一个姐姐,父亲、母亲还有祖母,九口人。阿孝人生中面对的第一次死亡是父亲的死。阿孝在母亲的恸哭和悲鸣中用一个小孩子式的惊恐眼神予以回应,那时他才小学。他们依次与父亲握手告别,守灵的夜晚听别人讲猫跳尸的恐怖传说。第二次是母亲的死。已经进入青春期的阿孝是兄弟中哭得最惨的一个。他们亲历母亲生病的苦痛,在延长的告别中,反而难以告别。父母死后,姐姐翻出了母亲保留的父亲的自传,读着读着呜咽难言。此时的阿孝也已懂得为人父母之艰辛操劳以及人生之宿命难违。最后是祖母的死。祖母"太老了",等他们发现的时候,尸体已经爬满了蚂蚁,医生说她很早之前就去世了。这次告别也最为平静,只是默默听医生骂他们"不孝的子孙"。

贯穿全篇的祖母一直在包银钱,阿孝的外号"阿哈咕"就是祖母满大街喊他吃饭喊出来的。八十多岁的祖母每次出去找"阿哈咕",都会迷路,最后还是叫人力车给载回来。祖母总是叫阿孝跟她回大陆,问她回去做什么,她只答拜祖先。祖母在侯孝贤的记忆里,多数时候是一个远去的背影,但这背影走得踏实,目标明确。陪祖母采芭乐的那个下午,阳光明媚,那条远去的土路尽头到底是不是梅江河已经无人知晓,阿孝只记得裹着小脚的祖母如何利索地抛起三颗芭乐,像魔术杂耍师一般,在夏日热浪蝉鸣中成为永恒的画面。

在《童年往事》里,侯孝贤所刻画的姐姐和母亲这两个主要女性角色充当了大部分的叙述功能,她们在茶余饭后、家务间隙为阿孝弥补了他未曾亲历的家族或家庭历史。例如:姐姐一边擦地,一边讲述她当年念不了高中的委屈难过,本来还是欢快的语调,说父亲如何为她骄傲,说着说着就转为"好可惜啊,都不能念一女中",当即丢掉抹布,哭着跑开,而父母亲没有接话。再比如,母亲在姐姐出嫁前,给她讲述女性的角色担当,并回忆她这一生的婚姻和生育。讲述中说起曾经"泪水滴滴答答",而那时屋外雨水倾盆。还有,姐姐在母亲病逝后,整理遗物,为弟弟们念父亲留下的自传。阿孝就是凭着这些断续的述说,构建起完整的个人史和家族史。

《童年往事》这部电影在"框内"的共情和情绪延展结合"框外"的想象和空间重建/填充方面是一个良好的示范——都是长镜头带来的"遐想"时刻。侯孝贤镜头中布景的密度、光与影的诸多层次、人物的流动及其导致的空间切割也为我们能够进行"框外"延展做了贡献。如同电影公众号深焦(Deep Focus)[①]文中所说:"他们(迷影社群)倾心于全景中的诸多细节,他们关注镜头深处的反复变化,他们的注意力流动于大远景内部的丰富肌理之中,他们乐于等待'框内'事件缓慢地延展,更加甘愿受制于'框外'空间的诱惑。"

①深焦(Deep Focus)是一个影迷公众号,是一份以巴黎为发源地的迷影手册,主要内容以电影批评和资讯为主,同时也遍及全球各大电影节,深入观察整个世界电影工业。

《东京合唱》:小津的现实主义默片

这部 1931 年小津安二郎的默片,看片名以为是部有声电影。"合唱"显然是有声音的。看过为数不多的默片里,小津的占了两部,另一部是比较有名的《我出生了,但……》。还有一部侯孝贤的《海上花》里的一部分。另外就是卓别林的默片。

在那个"银幕时代",声音和对白还没有成为影像的双胞胎兄弟时,肢体语言和表情的过态(即夸张的表演形式)表演占据大银幕,直到 20 世纪 30 年代左右,默片才被取代。默片的表演风格看卓别林的电影就一目了然。小津早期的几部电影也都以喜剧默片为主。但他并不与肤浅逗乐的主流默片为伍,在《豆腐匠的哲学》这本书中,小津明确表示不愿拍通俗剧,而是要尊重电影的艺术价值和社会功用。这部《东京合唱》就是他可以称之为最具现实主义意义的一部默片。如同卓别林电影的艺术价值一样,小津镜头里的喜剧也是讽刺抨击社会现实、关注社会底层小人物的悲欢离合的时代晴雨表。喜剧只是表演形式,并非主旨,而喜剧包裹下的夸张和过态也都是悲哀苦痛的一种呈现。这种大的反衬造成了良好的艺术张力,情绪的离间是一方面,另一方面是造成观众体验与演员表演之间的反差。

从某种意义上说，默片具有人类的共通性，是世界性的"影像"。加上语言，电影就有了国别，差异也就成为人们强调更多的语汇。默片的间幕本质上是语言的电影化功效，它要为影像服务，并让影像的连接和生成更加合理，这样才能更好地服务观众，是对电影本身或电影里人物行为的一种阐释。《东京合唱》的间幕每每告知观众一些必要的剧情和人物对白。但如果不懂日语，也并不影响故事的连贯性。人物关系自然带动剧情走向：父子之间，夫妻之间，师生之间，同事之间，都具有共情的特征。

《东京合唱》整部电影都用节奏明快的钢琴曲配乐。虽说都较明快，但也听得出细微差别：欢快—较欢快—十分欢快—特别欢快。与剧情形成反差的"欢快"实际是一种情绪的反衬：越欢快就越悲哀；与剧情一致的"欢快"是对氛围的加强。

冈田时彦扮演的冈岛申二从年少时的问题青年进入稳定的婚姻家庭，在保险公司谋得职位，收益甚少。发奖金日却为被解雇的年长同事打抱不平而遭解雇。经济日益不景气，冈岛面临一系列家庭问题：无法满足儿子要一辆自行车的要求，要靠变卖衣物救治患有急病的女儿，无法让一家人生活宽裕。由此，一个底层小人物的压力和窘境被一一呈现。模仿是默片里常用的表演方式：冈岛模仿教官的动作，模仿老板的动作，以这种下层对上层的模仿触犯等级禁忌遭到惩罚。小津对从池塘里捞出的小鱼在岸边挣扎给予特写镜头，是为数不多的象征镜头：冈岛一家的生活如同这条垂死挣扎的小鱼。他们面临着失业后如何重新走出阴霾的问题。小津的外景风格在这部影片中就已定型，一直沿用到后期。其质朴的艺术力量来源于表现欢愉时的黑白克制，不动声色，但不得不让人联想到镜头后的坚持和力量；表现悲哀时他愈发沉重，一种非工业时代的物哀蔓延至人衰的悲哀。虽然是默片，其细节依旧饱满：灯泡瓦斯，夏日蚊虫，团扇驱蚊，以及毫不知情的儿女的笑脸反衬父母实在笑不出来的尴尬。最后，冈岛一家凭借一点点运气和更多的勤劳，在昔日老师的餐馆打工，得以被推荐找到一份教师的工作，带领全家走出困境。影片最后冈岛和老师同学的大合唱，有没有歌词和声音已经不重要，只要看着冈岛表情的变化就知道是个 happy ending。小津认为演员要表现的不是表情本身，而是性格，他后来的有声电影中刻画的经典角色都是性格取胜，凸显人性，回归自然的表现和本质。

小津一向反对刻意的电影文法：他的电影里几乎没有移动拍摄、重叠、淡入、淡出等所谓的金科玉律，甚至违反拍对话的两人常用的"不可逾越那条线"的正反打拍摄方法。他用特写、远摄、省略和反衬，只在必要的时候。

小津实际上是日本电影导演中最具有"反骨"精神的一位：

1. 敢于起用新人演员，不会落入明显的窠臼；

2. 从不拘泥于固定的或被吹捧的电影文法（至于其低机位拍摄的独特性也是世人强加于他的"文法"）；

3. 与电影的市场回报比起来，小津更注重其电影的艺术价值（这是为什么《电影旬报》总青睐于他的原因）；

4. 不盲目追赶和模仿以美国为主的西方电影，注重其电影的日本化和电影化。

这也是为什么小津安二郎在辞世之后，依然享誉全球的原因。

| 吉光片羽

《镜子》：看安德烈如何雕刻时光

最近看完安德烈·塔可夫斯基的《雕刻时光》①和詹姆斯·乌登的《无人是孤岛》②之后，我开始着迷于诗化的电影语言，即电影语言的诗意表达。通常我们会问：电影该如何表达诸如"记忆、诗意和宗教"这一类抽象问题呢？用特定影像的串联来表达感觉和形象，是一种电影语言特有的与观众的沟通方式，譬如在《镜子》这部影片中，安德烈奇迹般地做到了将前者升华为意志、记忆和诗歌，有着诗一般的、音乐一般的性质。坦白说，我没有看懂这部电影，除了一些零星碎片勾起我对记忆深渊里的某种模糊淡薄的联想和重温之外，我最多停留在 déjà vu（法语，意为似曾相识）的沉溺中。但并不是所有的诗歌我们一定要百分百读懂，如同欣赏艺术作品，回归感官的最初冲击和纯粹的不可解也是一类存在。如果说导演给这部电影注入了太多私人印记的话，那特殊和普遍的关系就会逐渐瓦解，并不是每个观众都能想导演所想，感受他所感受。但无论你如何选材来设置细节，如何在一生经历中只铭记某个时刻，如何弱水三千只取一瓢，要相信，总会有观众与你产生共情，哪怕只是让他觉得：电影里的母亲简直跟我母亲一模一样啊；我小时候记忆中的母亲就是这样跟我说话的。（观

众写给安德烈·塔可夫斯基的信中所说）

在开始喜欢非线性叙事的电影特质之后，我热爱上余韵悠长的"电影后味"。它将电影中触发的情绪、记忆、共情和深厚的诗意无限制地铺展在你"之后的人生"里。安德烈在《雕刻时光》中说道：

> 这部电影讲的是什么？是人。不，不是那个具体的、在画面之外发声的因诺肯季·斯莫克图诺夫斯基。这部电影讲的是你，你的父亲、爷爷，也是某个在你死后还活在这个世界上的人，他依然是那个"你"。这部电影讲的是生活在大地上的人，他是大地的一部分，大地也是他的一部分；它讲的是人用自己的生命对过去和将来负责。光冲着巴赫的音乐和阿尔谢尼·塔可夫斯基（导演的父亲）的诗歌就应该去看这部电影。看它就如同面朝大海、仰望星空，享受自然风光。这里没有数理逻辑，数理逻辑无法阐释人是什么，无法阐释生命的意义。

在诗歌电影的谱系中，有著名的"圣三位一体"——英格玛·伯格曼、费里尼和安德烈·塔可夫斯基。他们的美学构图有着诗一般深入骨髓的精神气质，兼具沉重阴郁的诗性叙事特质。他们创造了崭新的电影语言，把生命像倒影，像梦境一般捕捉下来。安德烈在《雕刻时光》中说：

沿着一条没有尽头的道路去追随，最终建立关于生命意义的最完整认知……电影中诗意的内在联系和诗的逻辑特别让我着迷。我认为，诗歌和最真实、最有诗意的艺术——电影艺术的潜质非常相称……所谓连贯性逻辑是建立在对生活复杂性的肤浅理解之上的……我认为，诗的逻辑更接近思想发展的规则，这也意味着，它比传统戏剧的逻辑更接近生活的本质……诗是一种对世界的感受，是一种看待现实的特殊方式，所以，诗是一种哲学，引领着人的一生……这样的艺术家能看到日常生活中的诗意，能冲破直线逻辑思维的藩篱，再现生活的微妙与幽深，复杂与真谛。

暂且不表安德烈对于连贯性逻辑叙事的个人见解，但诗意电影对于导演的要求之高让很多人望而却步。诗性并不意味着毫无逻辑和杂乱无章，相反，电影的剪辑和镜头语言的序列需要导演深入到生活和事物的本质，才能抓住一点线索。这种内在逻辑和诗意思维的千丝万缕像宇宙一样复杂。

《镜子》是安德烈第一次决定用电影自由地表达他生命中最为重要记忆的一部电影。这个命题是人类生存和生命意义的本质诘问。安德烈用贯穿电影始终的黑白与彩色的交替，借助色彩表达了生命中某些不同质地的情绪记忆。

开头的口吃心理治疗方法，借助把紧张感从手中消除继而从口中消除的某种内在机制的联系,治好了一个口吃患者。近景+特写+黑白的手法忽然将放大的记忆细节呈现给观众看,观众一脸疑惑,却能够快速切入。

绿色田野随风起伏,母亲玛莎(年轻时)与一位医生相遇。他们的谈话也像诗一样朦胧、晦涩:"也许植物有感觉,甚至理解力"以及"青雾般的眼帘"。医生离去时大风起,像田野上潜伏的一股力量,母亲在诗的旁白中垂泪。

黑白的梦中,母亲洗头,水珠滴落,屋顶坠落,镜中人苍老。

黑白。母亲由于工作中排印错误被批评,哭。被评判:"你表现得很独立,不合心意就选择忽视,并不承认自己的错误。"逃避的母亲跑去淋浴,但没水。只有泪水。

彩色。已与父亲离婚的母亲,他们争吵,父亲说:"你像我母亲,很悲哀。"父亲同他母亲的疏远,同她一样,这会"让你的孩子活得痛苦"。

黑白。回忆中出现的西班牙斗牛士,由于战争回不去的乡愁。

彩色。"我"目睹母亲离开。捡东西像被电到,"这件事好像发生过",这样的感慨屡次在我们生命中上演,一种"似曾相识"的经验重现。

读书。梦境的荒诞、断裂、混乱、不符逻辑、意识流、想象、篡改。"对于科学和艺术能否影响人道德的问题",卢梭说不会。读书声清晰洪亮。其中俄国与欧洲的分裂,成年人对于历史的旧情和民族情结,通过小孩的嘴念出来。

彩色。雪地里的射击：武器/枪、手榴弹。一枚哑弹带来的心跳声。

黑白。安德烈在影片中穿插了战争影像资料，来诠释和烘托历史环境下的个人生命印记。用轰炸和炮火来表现民族的代际记忆和创伤，用以反观私人记忆和创伤。来表现人，人的记忆的串联和生命的延续。"我不相信预兆，也不惧怕凶象。"世界上并无死亡、黑暗和不朽。

彩色。还是孩童的玛丽娜和阿廖沙。

黑白。争夺伊格纳特（"我"），母亲看照片，问"你希望跟母亲之间，是一种什么关系？"

彩色。乐观的态度，做梦的诗与童年记忆。

黑白。林中小屋，撞碎的玻璃，大风是一股突如其来的力量。慢放的"我"（五六岁），拉不开的门，门里的母亲和狗。

彩色。母亲带我拜访邻居，林中木屋旁，滴落的牛奶，镜中的自己（呼应题目，或被视为线性开始），明灭的炭火，忽闪的煤。

黑白。飘浮在床上的母亲。

彩色。病床和放飞的小鸟。

彩色。被破坏的林中小屋，残垣断壁、水洼，竖起的电线杆（十字架形）。镜头隐进树林，目送母亲（老年）带着两个孩子奔向原野。

油灯。邻居让母亲帮忙杀鸡：母亲刻意地望向镜头（长镜头）。

母亲和"我"的年龄阶段都被打乱。与其说导演忠于内在的真实，不如说是忠于感觉的表达。"主人公的行为举止与事件的逻辑是打乱的，抒情的主人公本身并不出现，然而他的思想以及思维方式却通过具体而鲜明的影像塑造出来。"安德烈的情感说服力总是大于逻辑说服力。

"艺术的伟大与多元性在于，它并不证明什么，也不解释什么，不回答向它提出的疑问甚至如'小心！危险'的警告。"就像安德烈解释这部电影时说的：它讲的是人。只有艺术才能告诉你人是什么，记忆和时间对于人的意义是什么。记忆在时间的长河中被反复淘洗，记忆和时间交融，犹如一枚勋章的两面。如同陀思妥耶夫斯基所说："时间无处可藏。时间不是一个物件，它是一个理念。它将从人类的理性中消失。"安德烈对于时间的理解更为独到："历史还算不上时间，进化亦不算，这只是结果。时间是一种状态，是一种火焰，在其中居住着人类心灵之火。"

安德烈在《雕刻时光》这本书中回答了这个问题：电影是以何种方式雕刻时光的呢？他总结是以事实的形式与表现来雕刻时光，事实形式即事件、人的行为、现实的物体；以静态与恒定的方式，即静态存在于实际流逝的时光中。电影中时间的运动与组织法则不能用戏剧时间法则代替，理想的电影是纪实，是重新建构和追述生活的方式。这便涉及形象的电影化：从拍摄一帧帧的画面开始，形象就都活在时间里，时间也活在形象中。电影形象实质上就是对时光中流淌的现象的观摩。

安德烈认为诗电影最接近俳句的特质：是对生活纯净、准确、细致的观察，而且形态纯粹。如：

满月跑过的时候

几乎未触动

碧波中的竿

垂露

在所有山楂树的刺上

一滴滴悬挂着

(松尾芭蕉)

悠悠古池畔

寂寞蛙儿跳下岸

水声轻如幻

(芦苇覆)

残梗孤立旷野

晶莹雪花闪烁

(怎会生慵懒)

今日难唤醒

春雨喧

　　愿你我都能超越时间并涉及存在之意义,愿你我都能成为尘世生活中心的我之"我"。

①文中提到的《雕刻时光》一书是苏联时期导演安德烈·塔可夫斯基的著作，中文最新译本由南海出版公司于2016年出版。这本书可以看作是塔可夫斯基对电影、对艺术尽其一生的求索。

②文中提到的另一部《无人是孤岛：侯孝贤的电影世界》是美国作者詹姆斯·乌登的著作。这本书完整而全面地论述了侯孝贤导演的创作生涯，阐明了他独一无二的成就与风格的形成及演变。

| 吉光片羽

若你此生遇到熊

我试图在一场无意义的所在里抓住一两点可慰藉人心的东西，于平日无聊的吃睡日常里勾勒出还能憧憬的图案。于无人之境，做无欲之梦，像雨后山间的爬行动物，跟四周茂密的植物一起生死，跟电影里的熊一熊二熊三认真对视。巧合无处不在。同一天，同一物，反复出现，在电影里，是熊。

布拉德·皮特遇见的熊是Tristing（布拉德·皮特所扮演的角色）放纵不羁爱自由在旷野中的投射；Alexander Supertramp（Chris如此称呼自己）看见的熊是他选择逃离文明社会后被深邃恐怖的大自然给予的猛烈一击；而与Ted在潺潺流水中对峙的熊是他扭曲的人格和命运幻化成的魔鬼替身。三部电影分别是《燃情岁月》《荒野生存》《炸弹追凶》。

《燃情岁月》所塑造的Tristing是在夜风中纵马驰骋的西部牛仔，孤注一掷，敢爱敢恨，来去自由。他是我们睡梦里独身一人前来拯救公主的天神。童年时候在茂密森林里与熊相遇，他被熊掌划破胳膊，继而奋起一刀，斩断熊的一根手指。按照印第安人的说法，他与熊交换了血液，从此便合二为一。他的传奇在与熊搏斗的一阵悲壮中落下帷幕，像莱昂纳多在《荒野猎人》中那英勇的一幕。他们的天性中存留了大自然恩赐的一丝"熊性",所以在复杂的人类社会中他们显得孤独,只有投入丛林、拥抱马匹、漂洋过海,才是他们与这个世界最和谐的相处画面。Tristing 像熊一样割下德军士兵的一块带发头皮,戴在脖子上,凯旋,他继承了印第安部族的习俗并在灵魂深处信仰大自然。

《荒野生存》中的 Chris 用一种极端的方式彻底摒弃工业文明而赤手空拳走进荒野,最终饿死(或被毒果子毒死,说法不一)。他用殉道者的宗教热情将自己献祭给自然,然而日记最后的留言却是 "Happiness is real only when shared."。他一路上都极度不信任人与人之间的关系。与 Tristing 灵魂里天然的野性相比,已经被工业文明洗礼和浸染的都市人以这种方式追寻 the wildness 是否显得有些自不量力? 后者的追寻更像同极磁场,产生的是斥力;而前者早已将其内化为性情的一部分。赫尔佐格在纪录片 *Grizzly Man* 中,回顾了一个跟 Chris 极其相似的人物(Timothy Treadwell),他选择在阿拉斯加跟灰熊生活在一起并致力于其保护,最后却被熊吃掉。与 Chris 类似的是,他们都一厢情愿地信任自然之于他们会有人与人之间的情感特质——付出爱与回报爱。赫尔佐格在纪录片结尾说道:

> What haunts me is that in all the faces of all the bears that Treadwell ever filmed, I discover no kinship, no understanding, no mercy. I see only the overwhelming indifference of nature. To me, there is no thing as a secret

world of the bears. And this blank stares peaks only of a half-bored interest in food. But for Timothy Treadwell, this bear was a friend, a savior.

灰熊或者棕熊,或者热带雨林里的毒蛇,它们没有亲疏,没有理解,没有怜悯,这一切词汇都是人强加于它们并错误地以为彼此可以信任。由此及彼,整个自然亦是如此,都是人类的虚妄和一厢情愿。Chris 最后死了,我们理解他,尊重他,但我并不认同他的极端行为。约翰·伯格在《为何凝视动物》一文中也说:

> 动物透过一道难以理解的狭窄深渊来仔细观察人类。这就是人类使动物惊讶的原因。……换句话说,人类也是透过一道相似却不尽相同、难以理解的深渊来看待事物。……然而,动物和人总是有别,动物不能和人混在一起。因此,一种可和人相提并论却又不相关的力量被归诸动物。……没有任何动物能确认人类的意思——不论正面的或反面的。……动物一直和人类之间缺乏共通的语言,其沉默注定了它们和人类之间永远保持着距离,保持着差异,保持着排斥。

在工业文明如此发达的今天,我们习以为常地享受它所带来的便利,而有些人通过惊世骇俗的举动,"炸响了"对此种文明的挑衅和排斥——20 世纪 90 年代轰动美国的炸弹客。Ted 不仅过着与世隔绝的生活，摒弃一切科技手段，而且将 Chris 一类自然主义信奉者的信仰朝着更加反社会的方向发展了一步：嘲讽科技手段并炸死无辜民众。当他与那只熊相视的瞬间，使他抨击工业文明的信仰幻化成了那只熊，他们相安无事，却破坏力极大。Ted 是牺牲品，他被人利用、得不到爱，内心逐渐冰冷，生出一层像赫尔佐格所描述的 overwhelming indifference of nature（对自然的巨大冷漠），压倒一切的漠视。他成了那只熊，看着人类，凶猛地咬下去，毫无怜悯。在他那本厚厚的《论工业社会及其未来》的宣言里，他进一步阐述了自己从高中起就逐渐完善的价值观，他跳脱出来，靠无处不在的快递网络，炸掉这个痛恨已久的工业社会。

　　与熊相视有一种潜在的危险，它们笨拙的姿态乍一看去能触动你某种同情和爱怜，然而当你试图接近，却发现藏在这种"憨态可掬"背后的却是刀剑般锋利的杀机。我们渴望自然，却害怕走进自然，就像 Dylan Thomas 那首诗中所写："Do not go gently into that good night?"，亦要"Do not go gently into that good NATURE."。

| 吉光片羽

《猎凶风河谷》：雪地逃生

在一片寒冷雪白的无主之地，凶杀案成为隐秘在贫瘠人心下的淋淋鲜血。

我一直对于冰冻环境下的伤痕有种触目惊心的恐惧，比如那些雪地里的伤口，冰刀割开的细肉，甚至一片瘀青的肿胀。这些更像镜头下细节的呈现，在风河谷仅仅是几粒撒在无际雪地里的芝麻，真正被淹没在雪地里的，是生者对于逝者永久无法愈合的伤痛，是正义与邪恶在大自然的风暴里斗争的遗迹。"幸运只属于城市里的人，在这里，只有生存与死亡。这里关乎你力量和志气的果敢，狼杀死的不是失运的鹿，而是体弱的。奋战让你得以生存，你还活着，能够回家。"内心荒芜的居民要遵守的是自然法则，如同雪松后那双虎视眈眈的眼睛，时刻准备着捕猎。残酷和死亡早已不属于文明都市里的条条框框所能框住的。

从编剧转为导演的泰勒·谢里丹（Taylor Sheridon）证明了好的剧本是一部好电影的巨大保障，其功力在《赴汤蹈火》（2016）里已深得我心。

这部电影关乎羊和狼的对峙，人与人的枪战，好和坏的角逐。白色衬出了一切罪恶，放大了人性中的原罪。这一切究竟是寒冷荒芜还是人性堕落导致的呢？枪声过后,坏人恶有恶报。印第安大叔(死去少女娜塔莉的父亲)涂上 death face 的油彩,遥望远方,身边是两只空荡的秋千,一黄一绿。他目光炯炯,却含泪,男主人公 Gory 在一旁默默坐下,戴着牛仔帽。导演最终在这场谈话中谱写了当地民众与善良白人的同质性命运交响乐。那是一种跨越生死,逝者已矣,留下活着的人抱团取暖的勇气。

  我当时想放弃。电话响了,从来不是好兆头,今日却例外。阿捷第一次来电话。
  他在哪?
  车站,我正准备去找他,刚想将脸上的彩绘洗掉,就听到有关事件。
  听说还有一人在逃。
  没有,没有漏网。
  他怎么死的?
  嗨翻天。

  对阿捷别苛责,苦恼事一件也嫌多。
  我会去找他,只是想坐一会,稍坐片刻。
  有空陪我坐吗?
  我哪里都不去。

  荒芜凄凉的枝丫映衬着远处山边的晚霞,地上是未融化完的斑驳残雪，两只秋千在风中摇曳，他们并肩坐在地上，心里稍微放下了对死去女儿的愧疚。夕阳将尽，寒冷依旧，只剩安静和白雪。

Gory 有着这种环境里长久沉淀的隐忍和爆发力，他是猎人，与狼和狮子对峙的特质让他具有像它们一样的敏锐警觉性。他骑着电动雪橇穿梭于白雪皑皑的林海，搜寻被猛禽咬死的家禽，却意外发现一具年轻女孩的尸体。挣扎的痕迹、渗进雪里的血迹，裹身的蓝色羽绒服，冻黑的脚趾……天空晴朗，雪花还在飘，一切都纯净无声，人们却充满疑惑。转眼一场暴风雪，将人们困在原地。娜塔莉的尸体几乎被掩埋在雪里。破案的节奏将人心拖住，越来越冷，像琥珀。

伊丽莎白·奥尔森的表演比她以往的角色更打动人。她经历了菜鸟 FBI 警员到经历生死的坚强女性的转变和成长。在与 Gory 的共同探索中，她推开无主之地这扇门，从排斥到接受，从被排斥到被接受，最终是两行热泪在说话。

贫瘠大地上的年轻人被寒冷吞噬，沉迷于毒品和酒精。

瞧这种地方，让我们怎么活，你失去了什么？

人生本来就不公平，我们又能做什么呢？

这片土地是我们的全部。

你瞎扯什么？你前妻是原住民，你连女儿都保护不好。只能扮侦探。

你想教我怎样保护别人？

你想离开这里有很多机会，从军、念书，看你怎么选择，但看你选了什么？

我要疯了，想向全世界宣战。你知道这种感觉吗？

我知道，每当有这种感觉时，我清楚我斗不过这个世界。

娜塔莉的弟弟阿捷痛恨白人，他们对于身份的隔离太过敏感。印第安后裔封闭的内心让他们越发疏远于白人所构建的文明社会。最终导致的个体结合酿成的集体犯罪既有人性原罪的助力，又是种族隔阂的暴力出口。

Gory 三年前失去了女儿艾米丽，跟娜塔莉一样，死在茫茫雪原里，尸体被狼啃食。他跟妻子感情破裂。各自沉浸在失去女儿的悲痛中，无法走出。"不能疏忽，一次也不能"，多么痛的领悟。

真相逐渐明晰，警探们与钻井工作站的白人们形成对峙。有人说这场剑拔弩张的枪战站位很有意思，再加一个完美的敲门闪回，还原了案件的整个过程，切入的契机堪称无缝衔接。娜塔莉跟马特在房车里的约会是这部电影里唯一让人感到温暖的一段，热水澡的水汽，柔软的床品，拥抱亲吻。跟屋外的冰天雪地形成鲜明对比。切回来的镜头是一发从房车里冲击而出的散弹枪子弹，凶手开始疯狂反击，警员全军覆灭，Jane（奥尔森扮演）身负重伤。Gory 安顿好 Jane 之后继续追凶，一路直上雪峰，用同样的方式让凶手在极寒的环境里光脚全速奔跑，直到肺出血，死在无人知晓的雪山。

凶手咆哮着他的愤怒：只有天寒地冻的无声飘雪。Gory 说："我祖先被迫来此，转瞬已百年，除了白雪与宁静，他们并无所得。你又得到什么呢？你喝醉酒，你好寂寞，你们强奸了她，你们打死了她男友。"他在雪地里跑了六英里，为了生存。

"我有好消息和坏消息，坏消息是你不可恢复从前的日子，永远都不会，失去了女儿，没法弥补。好消息是，一旦接受这悲伤日子，就能感知她的想法，记得她给你所有的爱，她所有的快乐。重点是你无法驾驭这痛苦，若你这样做，你会丧失她的每个记忆，每个最后记忆，从她的学步到她最后的笑容，你会失去她的全部。只有感受痛苦，接受它。让你感到她在你身边。"两个失去女儿的父亲以这种方式裹足蹒跚在这片他们仅有的大地上。开头的那首歌又再次响起。

在我的完美世界有一片草地

There is a meadow in my perfect world

风在枝头摇曳

Where wind dances at branches of the tree

阴影如豹斑掠过池塘

Pasting leopards passing the light across the face of pond

茂盛的树孤单高傲地矗立

The tree stands tall and bright and alone

将世界遮蔽着

Shading the world beneath it

这里是我的摇篮

Here is the cradle of my entire world

守护着你每段记忆

And guard every memory of you

在现实的泥泞里？我冻得很

When I found myself frozen in the mud of thrill

远离你那关爱的眼睛

Far from your loving eyes

我会回到这故地

I'll return to this place

我会闭上眼睛

Close my eyes

认为与你相识是无与伦比的完美

Taking all these in the perfection of knowing you

| 吉光片羽

《佛罗里达乐园》:Light it up

Moonee 是深深打动我的角色,虽然她怂恿伙伴点了一栋废弃的房子。最后五分钟的哭泣和逃跑,从之前一贯的匀速剪辑节奏和稳定的镜头技法中跳脱出来,成就了这部好电影。如鲠在喉的情绪余韵和逐渐失焦的 Moonee 和 Jancey 让我在这部电影中停留了很久。

导演肖恩·贝克(Sean Baker)的第一部电影《橘色》(2015)我碰巧看过,用 iPhone5S 进行拍摄是其广为流传的一大看点。除去技术简陋的限制之外,对主题的诠释已经很让人满意,所以印象会很深刻。在现如今聚焦于少数族类或边缘人群的电影层出不穷的大潮流之下,《橘色》很容易被淹没,再加上边缘的拍摄方法和宣传力度,顶多也是引起一些影迷的格外关注。变性人这样的字眼已经成为噱头,它本身并无可挖掘的价值,重点在于与主流无异的生活流和情感流。在一切华丽外衣之下,真正打动人的东西才是"彩虹尽头那一点金",而不是为了情怀而情怀的主流煽情线路。毕竟我们逐渐产生钝感力的心已经不是一捅就破的蝴蝶羽翼,生活赋予了我们这层钢筋铁甲,融化它还需生活本身。当然我并没有否定艺术与生活有距离感的必要性。

《佛罗里达乐园》(The Florida Project, 2017)是部有着夏天气质的电影。就其色彩饱和度来说，它无疑十分美好。蓝天白云下紫色的 motel，橘色的小吃城，黄色绿色的房子，条纹、斑点、暴雨、游泳池、香烟、啤酒、冰激凌、比基尼，还有最后出现的迪士尼标志性城堡。虽然它是主角生活之外的一个"它"，她们永远也不会属于那里，但她们硬是属于那里了，就地理位置上来说。夏天的气质有种与生俱来的悲剧内核，像物极必反的道理，或者像夏日傍晚或夜间的一场暴雨，必然要发生点什么，让人们不至于被炎热融化，然后遗忘。它跟《美国甜心》(2016)有着类似的季节感和人物内心喷薄而出的热爱。

　　迪士尼乐园腹地中有一片区域，有两栋 motel，几家破落户，也有坑坑洼洼的池塘和水草茂盛的湿地，最梦幻是那棵挂满绿毛的倒掉的大树，像 Moonee 说的，她最喜欢它倒了还在长。还有紫色那栋 magic castle 旁边的一洼泳池，Halley 和朋友只能傍晚去泡一泡，孩子们可以躲在暗处开着不像话的成人玩笑调侃晒日光浴的艳俗大婶。还有进出 motel 的各色客人。这周遭的一切都称不上良好，甚至成了滋生问题的温床。但幸好 Moonee, Jancey, Scooty 觉得这一切都好玩，丝毫不差隔壁迪士尼乐园。孩子们不懂残酷，所以才动人。像《无人知晓》(2004)里的哥哥带弟弟妹妹，吃饭都成问题，父母消失无影，却依旧在屋子里开心地玩着洋娃娃。

　　Halley 在大荧幕上成为很多人眼中最不靠谱的母亲，她是典型的白人少女未婚先孕，自己还是个问题少女，却还要负担起一个孩子。对于已经无法要求什么的成长环境，唯一值得安慰的是她至少还可以跟这个不靠谱的妈妈朝夕相处。所以电影结尾的残酷之处在于社保处的人来强行分开她们。

  导演从孩子们的视角出发，放低机位，看到的是大片地面，被太阳晒得滚烫。Moonee和母亲手拉手走在橘色的夕阳下，无家可归。虽然motel里的323房间是她们的落脚点，但时不时接受房屋检查需要暂时搬离。旅馆里的客人来来往往，Moonee跟小伙伴们跳跃的身影，马路上熙攘的车辆，以及人们无止境的聒噪，构成了一股坚实的生活流。

  生活细节的密集呈现（过量的视觉细节）和尽量逼真的粗糙质感将"真实"的生活投射到荧幕上。一方面营造共鸣，另一方面构筑同理心。往往最后的惊喜都是水到渠成，这都得益于生活流的铺垫。Moonee和她的小伙伴们在聊天、奔跑、要零钱、吃冰激凌等活动中，语言文本没有一句"台词"，这种疏离感，反而让人觉得有一种纪录片的真实和不加修饰。尽管她们的对话是提前设计好的，但孩子们的表现极其自然，有种力量感。Halley的语言特色符合其身份特质，充满脏话和愤怒。她与女儿Moonee的对话特征呈现出一种平等和随意。几个节点式的情节里也不乏温情：逛超市、带小伙伴看迪士尼那边的烟花过生日、洗澡、教她分享、雨里嬉戏等，观众都会觉得Halley也是个好母亲。她对Moonee无意识的"教育"是体验式的，而非说教式的。我们永远不指望她讲出一句道理，但她渗透在行为中为数不多的正面性却可以定义为"爱"，这种爱"宛如气味那样当下而直接，或是像六月傍晚太阳开始降落时花朵的色彩"。当 Halley 牵着 Moonee 走在夜幕落下的路边，她们的身影并不让人绝望，一墙之隔的贫富差距和毫无希望的人生也只是别人茶余饭后的谈资，实际跟她们没有多大关系，因为入世对于她们，是只有一头扎入生活之流才会有的体验和理解。

"被爱的人会在超越个人的行为后，本位主义消退之后仍能继续被爱。爱能够辨认一个人。爱投资在这个人身上产生的价值无法阐释成品德。"[①]对于五六岁的 Moonee，Halley 给她的爱足以成为滋养她的养分，这种爱的价值只有血亲的延续才能给予，除此无他。当 Moonee 奔跑着去找她的小伙伴求救时，她那张大哭的脸简直送上了令人震撼的演技：压抑得不知从何说起的委屈和恐惧就那样奔涌而出，声泪俱下，童真的小脸写满了不知所措，每一个观众此刻应该都想要去帮她一把。当镜头追着她们奔向繁华的迪士尼乐园时，导演巧妙地把焦距过渡到那些"幸福"的家庭身上，让两个小身影跑向镜头视野里的远方，消失在人群里。我呆呆地盯着荧幕，不知如何是好。

①源自英国艺术史家、小说家、画家约翰·伯格（John Berger）1980 年的著作《看》(*About Looking*)。

| 吉光片羽

《塔利》：一位母亲的夜间"镜像"

　　开头五分钟 Marlo 在停车场时镜头突然从车内切换到一个抽离的中景，声音跟着从惹人心烦意乱的大叫变得一片寂静，我们跟随这个镜头转换感受到：无论你内心多么凶猛，在世人眼中，一切如常，于是你对这个世界开始变得失声。这群人就是正在经历或刚经历过生产的母亲。"成为母亲"似乎已经是一个极其成熟的命题，人们不屑让它变得特别，更不愿老生常谈。

　　我曾在很多个夜晚冲动着起来，打开电脑，准备写下一篇影评，为平息在我心中燃烧的这种身份的能指。从怀孕、生产、哺乳到养育，完整的自我被撕裂了，被一种客观存在的外力，被一个婴儿、被家庭、被社会。我自问，我跟 Marlo 究竟差多少？我完全理解她，似乎下一秒就要变成她。

　　Marlo 的夜班保姆是她暂时性自救的一个工具。直到影片最后，我们才明白 Marlo 婚前曾叫 Tully，Tully 就是那个年轻的她，二十几岁，身材紧致，精力充沛，恋爱不断，挥霍青春，思考人生。那是身为人母的人们最怀念的时光，那是一切可能性的人生坐标。Tully 出现在一个如常的夜晚，她的到来是 Marlo 顺其自然的精神走向，除此，她会崩溃，像在儿子 Jonah 学校那次，她像刺猬一样对外界竖起浑身利刺，吓退了建议她给儿子转学的校领导；或者像最后 Tully 宣布她要离开时 Marlo 一边涨奶大哭，一边骑自行车在黑夜里乱撞。其他时候，她表面平静得像个毫无怨言的贤妻良母。从 Tully 出现到最后告别，这一切都是 Marlo 的自我修行和自我和解，任何人都无法介入，也不能有所作为。所以这是一个女人的奥德赛。

这是 Marlo 的一部漫长的独幕剧，其中只有一个人物和一个道具。人物是一个始终被称为主体的个人（这里是女性主体），道具则是一面镜，全部"剧情"便发生在一个人和一面镜之间。只不过镜中人不是此刻的她，而是时空上已经逝去的年轻时候的她，或她对曾经完美自我的想象。按照拉康的理论，主体并不等于自我，而是自我形成过程中建构的产物。"主体建构过程正是把自我想象为他人，把他人指认为自我的过程。" Marlo 对主体的建构正在于完成她与 Tully 的相互指认，如同一个人的三十多岁跟她的二十多岁开启一场对话和生活的融合，最终形成这一刻的她。拉康说，形成"镜像阶段"的前提性因素，是匮乏的出现、对匮乏的想象性否认及欲望的产生。"匮乏"是个极其准确的词，"成为母亲"让 Marlo 的主体极度匮乏，身体上她经历怀孕到分娩再到哺育的痛，这是一种原始的生命繁衍的代价；精神上她开始挣扎在现代性语境下的自我和他者之间的纠缠拉扯。无论如何，Marlo 体验到的匮乏上升为一种生命内里对于构建自由和自我的呐喊。最终这声呐喊化为一个奇迹：夜间保姆 Tully 的从天而降。

Marlo 拿出那张夜间保姆电话字条的契机是新生儿撕心裂肺

的哭泣，从而导致她崩溃，镜头并没有交代她如何联系保姆，仅仅停在她看着那串电话号码的画面，于是当晚 Tully 便出现了。Marlo 从一开始的抗拒、质疑、震惊到逐渐产生交流、分享甚至共同"离家出走"，再到最后她劫后余生，平和地跟 Tully 再见，Marlo 经历了分裂到弥合的自愈过程，Tully 和 Marlo 虽为影像上呈现的两个人，实则是为了"一个人"而必经的迂回。

第一次见面，她质疑她的年龄和经验，却不自觉地为这样的问题感到尴尬。然后她试图建立对话，给予一些信任。当 Tully 说出"So as to bed"[①]时，她显然被她的博学震惊了。这或许是 Marlo 大学时喜爱的作家，研究的选题等，只是通过这样的方式，让她得以回忆起那时与知识、书本为伍的她，充满朝气，正准备踏入社会。Marlo 跟丈夫描述 Tully 的第一个形容词是 weird（奇怪），足以见她对于镜像里的自己有多么不适。这个过程如同婴儿辨认镜子里自己的双重否定：从他者到自我，再从虚假到真实。"或许她是夜行动物……不管怎样，看起来她掌握了，她完全知道怎样做"，Marlo 第二次对于 Tully 的评价已经趋近于中立，她与丈夫讨论并决定接受 Tully 的帮助。当丈夫问她感觉如何时，Marlo 表现出留下 Tully 的意愿："真诚地讲，我都记不起来上次我睡得这么好是什么时候了，好像我眼睛里又可以看到色彩了。"

除此之外，还有餐桌上的融洽，Marlo 不再抱怨，亲自下厨，他们的家庭因为她的转变而染上一层温馨的暖色。Marlo 也开始化妆，多了笑容，跟女儿交流。这是一个短暂的欢快，因为镜像 Tully 的出现，Marlo 在精神上有了分担者，虽然此时她体力已接近透支，但由于对自我的构建一时间重回二十几岁，让她能够承担起所有"成为母亲"后的痛苦，并通过让一切井井有条而凸显自己的价值。

"成为母亲"便意味着你只能跟你的孩子捆绑在一起，这种身份将你的其他身份冲淡甚至暂时抹掉。夫妻关系的核心变成了养育婴儿，这件事跟浪漫毫不沾边。

当 Marlo 谈起她如此努力当好一个母亲的根源是她不想她的孩子重蹈她的覆辙：原生家庭的破碎和有三个继母的童年（这也解释了她为何会有 Tully 幻想的创伤型人格）。

Marlo 和 Tully 的第二次长谈由镜像的 Tully 打破平静，进而有了"离家出走"。

Marlo："Tully, 休息一晚吧。"

Tully："你是认真的吗？我没事啊。Marlo, 你才需要休息一晚。如果你不能照顾好自己，你就无法成为一个好妈妈。我们值得休息一晚。"

Tully 说服了 Marlo，她们驱车前往布鲁克林，准备好好喝一杯。但同时，这也是 Marlo 最终崩溃的前兆。在酒吧，她们谈论 regenerate（重生或新生）。Marlo 回忆年轻岁月。这虚假的美好很快就被 Tully 要离开的消息打破了。Marlo 内心深处的危机（danger）像歌词里唱的那样，驱赶走了她的 love。

Marlo："我是说，你的二十岁很棒。的确是，但当你来到三十岁，就像清晨五点的垃圾车……哪有什么精神追求，都已经毫无魅力可言了，一切都开始变得丑陋不堪。"

Tully："你已经接受这套你是个失败者的论调了吗？但你实际上已经让你最大的梦想实现了啊。那种你所鄙视的人生的相同性。那是你给你的家人的礼物啊。每天醒来后一遍一遍为他们做着同样的事。你很无聊，你的婚姻很无聊。你的房子毫无生气，但这已经很棒了。那是你成长起来的梦想啊，不就是做一个枯燥、无聊、不变的妈妈，然后在安全舒适圈里养大你的孩子吗？"

Marlo："我没有安全感，我很害怕！"

在一场掀开虚假面具的自我独白后，Marlo 将深埋心底的恐惧和盘托出，而她的镜像 Tully 似乎更加一针见血，彻底否定了她所做的一切努力。她渴望安稳，于是便付出自由的代价；她想要安全的环境，所以她的一切都变得无聊。你只能选择一种活法。

Marlo 总是梦见美人鱼，在漆黑的海里，发出迷人的光。美人鱼最终将她从沉入河里的车子里救起，其实也是她的幻想让她完成自救。一次是无聊生活中她的镜像 Tully 将她从快要窒息的日常中救起，另一次就是那条反复出现在她梦境中的美人鱼。当她终于可以平静地跟 Tully 道别，说出"Ciao"的那一刻，她的主体的构建终于完成了，她合二为一，与自己和解，与生活和解。

这是一幕令人心碎却又充满希望的独角戏，自始至终是 Marlo 如何面对自己并完成自救。导演用昏暗沉重的光线营造出强烈的孤独无助感，这让人容易沉迷的危险境地竟然是大部分女人都要面临的"成为母亲"这一令人窘迫的境况。我们迷失在原始的身份里，只能用强大的想象力完成一场惊险的救赎。

#you only live twice#

you only live twice

or so it seems

one life is for yourself

and one for your dream

you drift through the years

and life seems tame

till one dream appears

and love is its name

and love is a stranger

who'll beckon you on

don't think of the dangers

or the stranger is gone

live twice

①Tully 所说的"So as to bed"是 17 世纪英国作家和政治家 Samuel Pepys 在《佩皮斯日记》这本作品中的话，其作品成为最丰富的 17 世纪生活文献。

| 吉光片羽

《坡道上的家》：几种重叠

"从此以后，每当她抱着孩子爬上这个坡道，她就再也没有了笑容。"这部日剧如同一个双关、一则隐喻：它一方面关照着女主里沙子的个体世界并与之发生重合；另一方面真切关照荧幕前"妈妈"观众们难以有效排遣的身份撕裂的隐痛；最终让我们通过观看别人的生活反观自己的精神世界，形成一种时空上的多维度重叠。

这部剧之所以能引起广泛热评，是因为它触碰到当今社会在女性世界种下的一颗炸弹，即传统的家庭结构对女性的要求和现代性下女性崛起之后的分裂。这分明是一种猛烈地撕扯，将独立女性原本高傲的头颅重重拍下，剧中无处不在的"重叠""代入"，不仅是荧幕上的一种叙事方法，更是让剧外女性观众完成了一次次后知后觉的"对号入座"，惊恐之余反思现状，却都如困兽之斗，"再也没有了笑容"。此剧的反思和批判力度可见一斑。生育对于女性的毁灭力量从身体到精神逐渐渗透，纵然一个母亲像一个孤军奋斗的战士，抱着怀中的婴儿，身披盔甲，不分昼夜，甚至最后她成为凶手或英雄，却都难逃一劫。

● 形象重叠

被告在众人的目光中形容枯槁，茕茕孑立，她厚重的刘海遮住眼里的绝望和波澜，她一身衣服从不曾换过，像道德的牢笼铁布衫罩在她身上，她步履沉重，虽无铁链，但每一步都重似铁链加身。在育儿的焦灼环境里早已不修边幅，表情麻木。她眼角的皱纹如同即将破裂的毛细血管，那张脸也似乎经历过焚烧一般，早已"死"透。而映照出陪审团上的里沙子在每个毛孔和衣服的褶皱里逐渐渗透出与被告千丝万缕的联系，像青烟，像蛛丝，像电流，像基耶斯洛夫斯基《两生花》（1991）的奇妙命运。

● 精神重叠

里沙子的精神被一种"丧"的惯性拖向深渊，周围一切力量都指向那里，她无力自救，终于在最后一集她离家出走的决绝里完成了一种看似偶然的救赎。她与母亲拥抱，然后恶语中伤，母亲慌忙逃离，她也终于明白那是母亲露怯无助、脆弱痛苦的自我防卫。结尾那种光明始终有种悲剧之后的荫翳。被告被判十年，她试图理解法官的判词，在宣判后终于哭了出来，那积聚太久的情绪像喷涌的火山岩浆，滚烫着流过她的脸颊，死灰复燃，也照亮了陪审团的众人。里沙子最后在公园的草地上看着孩子嬉戏玩耍，自己也成功加入妈妈们的幸福微笑，丈夫在不远处看着她，似乎这又是幸福的一家三口。

● 社会重叠

女主里沙子在好几次庭审时，仿佛看到被告席上站的是自己，那种绝望无助的眼神，麻木的神态，都是里沙子在生活中的某个瞬间呈现出的状态。失手将孩子掉进浴缸，这种能引起重大社会舆论的新闻，早已将"母亲"的形象刻板化，新闻一出，人们争相讨论的焦点不会改变：这个人根本不配当妈妈。然而这类社会新闻的价值难道就在于对这位"妈妈"口诛笔伐，打入地狱吗？这部剧之所以深刻，是其挖掘真相的目的。它在努力寻找这类社会新闻悲剧背后的原因，直接凶手只有一个，然而将她推向最后崩溃的手却有无数双。

里沙子作为幼童"妈妈"的身份不仅与被告重叠，作为妻子的角色也一样，她们一直遭受来自自私丈夫的精神暴力，与被告一样，她们的丈夫一次次打压、否定甚至质疑她们作为妈妈的能力，在她们身体和精神极度疲惫之际，只会说："不要勉强自己。"听起来好像是种关怀，其实是对她们能力的不信任。当里沙子被选为陪审员时，她丈夫几乎每晚回家都会这样说，然后，躺在沙发上伸手要啤酒，而里沙子还要一边赶着做饭一边伺候他。在如此传统的核心家庭中，妻子必须隐忍、顺从、贤惠，而育儿更像是衡量她们是否合格的唯一标准。当被告的丈夫颇有微词地抱怨妻子并不是个称职的妈妈时，他大言不惭地说加班晚了会睡公司不回家。"共同育儿"这样的口号也仅仅是句口号罢了，就像那位兼顾事业和育儿的女检察官，明明婚前与丈夫签订协议说好共同育儿，然而迟到早退屡屡请假的总是她，丈夫只会说："我以为你婚后生了孩子会变"，然后以离婚相威胁。

往往这些遭受歧视的妈妈们都有颗脆弱敏感的心，她们从小就没有从她们的妈妈那里获得认可和支持。里沙子的妈妈一直以来对她施以讽刺挖苦，操控不成便变相阻碍，对女儿进行精神虐待，使她们变成讨好型人格，容不得一点点不正常和不如意，极力讨好身边人，执着地跟每一位邻居看齐，最容易发觉一群人中自己是不是那个强颜欢笑的人，即使是，也每次艰难地挤出微笑以示"正常"。这些妈妈们迫切询问别人的孩子睡眠如何，是否母乳喂养，喂奶粉有什么不好，自己的孩子是否正常等一系列让她们局促不安的问题，一旦有不完美的答案，她们耳边便响起人们的质疑声：你根本不是一个称职的好妈妈。她们很容易从焦虑发展到自我否定，继而失眠、抑郁。

如果此时，有人能够倾诉，有人能够倾听，有人能大胆地说："我的孩子也很爱哭，我也有想打他一顿的想法。"这位妈妈一定会信心倍增。可惜大家都不愿换位思考。

现代社会的剧变，对于女性的撕裂拉扯远远大于男性，男人们一直以来理所当然地"主外"，专注于事业，女性在传统禁锢中不仅要"主内"，还不能放弃事业和自我发展。很多女性自从生了孩子，对自己的要求变得更高，因为爱的加持，她们不断地想为孩子树立良好的榜样，让孩子眼中的妈妈不再是"家庭主妇"这一单一身份。当里沙子在育儿的荆棘中艰难求生时，她的精神世界逐渐枯竭，自我的支撑仅剩下母亲这一种身份，再加上无人给予关爱和支持，她便很快陷入母亲的焦虑和挫败。

《坡道上的家》(2019)除了主角的刻画能够引起无数母亲的共鸣之外，还有很多配角的家庭难题一样具有深刻的现实意义。而这些角色都是通过陪审团的途径参与剧情的推进和症结的疏解。

一位没有孩子的女人，一位出轨的爸爸，一位"女强人"检察官助理。他们在各自的核心家庭中都不快乐。没有孩子的女人不理解被告有孩子却不珍惜，愤愤不平；出轨的爸爸收入太低在妻子面前抬不起头；女强人在孩子生病住院时才迟迟赶来。生活的形态丰富多彩，但都不尽是欢乐。

同样，电影《塔利》(2018)里的那位妈妈一样难熬，甚至用幻觉自治。不同的只是伤人还是伤己。所以当妈妈们深陷育儿泥潭无法抽身的时候，选择暂时离开是最好的自救。无论身体离开还是精神离开，无论走进成年人的世界进行无聊社交，还是打开《傲骨之战》(2017)看看戴安和卢卡的完美反击，才发现原来在这个世界上，还有一种"非妈妈"的生活方式，能够让女性的价值更有力地呈现，她们所传达的力量和价值观或许比成为母亲更值得歌颂。所以如果你是母亲，那么你应该骄傲地带着这身盔甲继续战斗，因为你已经浴火重生，或正在重生的路上。

《江边旅馆》：诗人的袜子

说实话，我完全是因为洪尚秀和金敏喜的绯闻，才开始看他的电影的。看了这么多部，还是觉得这老头是爱金敏喜的，那种光明正大的爱，想让全世界都知道的爱，虽然是外遇对象，是晚辈，有违道德，但看他透过镜头凝视她，往往看着看着就看呆了，然后突然想起来，"哦，我该推镜头了"的这种爱。新闻说洪尚秀申请离婚的案子被韩国法院驳回，我还真是有点于心不忍。不过，婚姻对于他们或许已经不重要了。《江边旅馆》（2018）里他借助那个最后自杀的老诗人生硬地跑到她面前，一遍遍夸她"太漂亮了"，"遇见她太幸运了"，到这一步已经是一种洪尚秀式秀恩爱的老掉牙桥段。

老诗人在一家江边旅馆约见久未谋面的两个儿子，他在自己房间接到儿子电话，询问房间号，绕来绕去，老头最后决定下去在大厅咖啡馆见。老头挂了电话，弯腰穿袜子，那个姿势和动作的节奏分明就是暮年的徘徊和力不从心啊。可就在穿那双在地上歪歪扭扭扔着的袜子之前，老头还在笔耕不辍地写诗。那双袜子看起来已经几天没洗了，幸好是冬天，旅馆外是个白色的世界，江水已经结了冰，大地覆盖了厚厚的雪，人们穿着厚重，温度在流失，可人人都还伤着心。偶然相遇在这家旅馆，雅凛却成为老诗人最后赞美之词的落脚点。不然，那些写在笔记本上的诗句或许会飘散在冬天的雪夜，对于内心的空洞伤痛于事无补。像雅凛与女性朋友的相互陪伴，像两个儿子的相互照顾，像老诗人送给两个儿子的玩偶，已是老诗人最好的诗句注脚。在那个老诗人结束生命的浴缸里，他的袜子怎么样了呢？他好不容易穿上的袜子，是否也值得被书写。

洪尚秀总是喜欢从戏剧的焦灼中逃跑掉，选择在与当事人无关的时空整理心情。他的爱让他的镜头深沉静默却暗流涌动。他的镜头很多时候呈现出一种悠远孤独的气质。《独自在海边的夜晚》(2017)也是一样，金敏喜身处德国汉堡某集市，暂时借宿于女性朋友处，她爱上有夫之妇并在吵架后跑掉，心里还抱有幻想他会追来。洪尚秀用一种不懂女人的笨拙姿势深刻描写女人：她们对待爱情的不顾一切，她们在欲望之外的对爱的等待、守候和牺牲。洪尚秀或许早已看透世俗舆论，竟在自己的电影里调侃爱上有夫之妇这件事，并且乐此不疲，《之后》(2017)也一样。不过金敏喜不再是外遇的女主角，而是被错以为女主角还挨了打，如果现实中洪尚秀的正牌妻子没有大动干戈、大打出手的话，那金敏喜在《之后》(2017)里的确已经以某种故意的巧合尝过了这种滋味。她被错怪之后，没有选择沉默，而是大力回击，将电影里的出版社社长夫人打地呆坐在沙发上，然后顶着被揪乱的头发，冲出去找社长撑腰。绝对不是软柿子。

然而就爱情的本质来说，纠缠于出轨女演员这件事还有意义吗？或许意义早已转移，他爱上谁并不重要，重要的是他如何在自己的生活和镜头中的生活之间找到平衡，并感觉充实。

洪尚秀对于外遇主题的探索太执着，以至于他也借着年过半百的社长和年下女雇员的嘴，说出了毫无道德感的拙劣计谋，甚至明目张胆地道出："我们只能利用这个人了，为了我们的感情。"或许是觉得真爱最大，无须多想，也的确偶尔能打动那些善良的观众。因为他作为陷入爱情的人，虽然已经在努力不盲目，但免不了对正牌妻子的刻画角度失之偏颇。正如米特里所说，没有纯粹的客观，长镜头也客观不了，那只是尽量针对所选定的内容呈现时的一种客观。所以选择呈现什么还是洪尚秀说了算。他也不赞美，要不怎么在《之后》（2017）里会让社长最后还是看在如花似玉女儿的份上选择回到家庭，放弃情人呢。那金敏喜扮演的那个作家发挥了什么功能呢？被扇了耳光撕了头发，却还想留下来继续为出轨的社长做事，仅有的情绪也是在旧情人回来后临时决定辞退她而雇佣情人之后，她借着酒劲，说怎么能这样呢？一年后，她上门拜访，社长的作品获奖，事业迎来又一春，却也时过境迁与情人分手。

洪尚秀的电影是作者电影，他执着地拍着都市男女的一种特殊情欲，但不直接拍，他选择之前或之后。他规避掉现代文明的干扰，回归人与人、男人与女人的直面交流，用看似话痨的对白白描人物，镜头里的男人猥琐也好，虚伪也罢，只要真诚就能在对话里得以体现。《这时对，那时错》（2015）里两个版本的男女关系，微妙的差异，不同的结局，似乎已经是某种性格差异导致社交结果的社会学实验。

　　洪尚秀电影里的人物对白往往有种去生活化的陌生感，他的叙事也是反故事的，虽然时间线上往往是线性的，但情绪流是横截面式的，结合当下情绪的断面。他赋予人物未经加工的潜意识般的唠叨。他一反传统叙事的愉悦感，试图营造一种叙事美学上的陌生感，将人与人交流中非逻辑性的一面放大呈现。比如雅凛会在沉默过后，将一句话反复说，先说主干，再扩展，加上修饰成分，或最终变成一句自我质疑的设问句。听话的人此时是否说话以及说了什么都不重要，他们很多时候也只是重复，重复自己或重复别人。所以语言之于洪尚秀，更倾向于自我表达，而非讨论或解决问题。自我表达多带有无逻辑、非理性的特征。

　　《江边旅馆》里的对白：

　　　　——手怎么样了？
　　　　——好多了。
　　　　——没有起水泡应该没关系的。
　　　　——真的吗？
　　　　——真万幸，一般没有水泡的话大家都说没关系。
　　　　——不会留疤的。
　　　　——我也是这么听说的。
　　　　——会好的。
　　　　——给我看看，我给你看看需不需要去医院。
　　　　——不了，不大好给你看。

——怎么了,没关系的。如果看起来很糟糕,就去医院好了。

——没事的,去了药店他们给了我涂的药膏。

——他们说这是一度烧伤。

——一度?

——嗯,说是一度烧伤。

——这个和日光浴的晒伤程度差不多。

——那真是万幸。

——我并不担心。

——你,你真是太了不起了。你是怎么做到的?

——谢谢。(二人相拥)

——你还好吧?

——当然。

——他真不是个人,忘了他吧。

——当然了。

——他真不是个东西,枉为人啊。

——没关系,我现在很好。

——真的吗?你真的没事吗?

——我很好。

——不,说实话。

——我不知道。

——你就直接告诉我。

——我会的,我会告诉你一切的。但现在我想休息。

——我理解。

——我不想回想。

这个对白脚本很明显有种去冲突化和反意义的意味。雅凛到底发生了什么，逃出来住酒店，手怎么了，为什么受伤，那个男人对她做了什么等一系列叙事意义上的核心都被巧妙避开了。影像呈现的当下是在剧烈冲突之后一个受伤的女人如何自处以及她的受伤状态，她跟女性朋友的对话像是对观众的一场隔靴搔痒，然而那阵追求真相的欲望过后，观众始终会明白，重要的不是那个男人，而是眼前这个女人。影像的力量来源于这个女人身上自带的对抗。所以，洪尚秀的黑白电影专注于影像自身，犹如黑与白这种最明了的对抗一般。这种表达方式与雅凛情绪高潮时的酒桌心事一脉相承，是明了简洁的，她因喝了酒一吐为快，或抱怨，或咒骂，或否定，像《草叶集》（2018）里她对爱情的质疑那样，其他时候，她都是温柔地说话，默默地吸烟，或独自散步，躺在冬日海滩，做一场梦，梦里导演来到她的身边。洪尚秀的作者导演气质已经力透纸背，渗透在镜头里的每一个角色和每一段心情中。他的主角们有种认真生活的劲儿，我总是很容易就跟随这股心流（state of flow），落入陷阱却乐此不疲。

看惯了奉俊昊等一众韩国导演编排的凌厉大叔们如何沧桑，如何在命运的漩涡里抗争，铮铮铁骨也好，隐忍执着也好，看他们挥拳又落空，如同难以逃脱俄狄浦斯命运一般如困兽之斗。看多了,突然想转个台,就发现洪尚秀这般的导演,一腔柔情似水,层层叠叠,扑打着海岸,金敏喜明明走过海岸留了一串脚印,一个浪袭来,又什么都没有了。

再一抬眼,不远处,还留有一双诗人的袜子,是他留给世间最后的礼物。

| 吉光片羽

《柔情史》:母女关系的一个样本

《柔情史》是一首让人心痛的先锋诗。它用直逼真相的粗暴观视方式,硬生生将中国式母女关系剖析给我们看。哪里有什么柔情,更多的是咒骂、撕扯和攻击,是原初的相爱相杀(如果真的还有爱),是丑陋的真相和残酷的双生。如果有一点柔情爱意,也已经快要消耗光了。如果是母女俩在相互攻击后还要合谋老爷子的遗产,那么我愿意理解为暂时的战友关系;如果是女儿稿费定金到手时的相拥狂欢,那么我认为是暂时不为物忧的利益关系。我连仅存的一点爱都不愿接受,像剧中女儿小雾说的:"他们太好了,像假的。"所以,就让它坏到底吧,坏的生活,坏的关系,坏的爱情。因此,在电影接近尾声时,我竟然习惯了这种"坏",受不了好了。更何况,那是她们将近三十年的人生。

《柔情史》其实是一部关系史,是母女生活的点滴造就了她们关系的现状,以及从一开始就无法逃逸的捆绑和权力不对等的依存。整部电影的影像质感,更像是一幅中国式的母女关系(亲子关系)图谱,而这种关系极有可能朝着崩坏的方向发展。她们的日常对话,充斥着控制与被控制的严重倾斜,母亲失败的人生只能靠操控女儿的生活习惯获得一点点慰藉,然而女儿的反叛并没能让她得以实现。这也许能构成一种传统的非传统母女关系：如果小雾（女儿）不反叛，那么这将会是一种传统的中国式亲子图谱。每当她们毫无意义的争吵以母亲歇斯底里的哭闹收场，都是对传统关系的一拳重击。

这也是对传统母女关系的一种解构，是她们还未成为"存在主义"的人，就一举僭越成为"结构主义"的人的一场盛大退步。这种以胡同为中国传统文化符号底色的设置，就像将故事和关系的走向"哗"地丢进迷宫里，在几处镜头的后置皆为摩天大楼的现代冲击下，她们的关系也像某种黎明前的黑暗，是以一种痛苦的方式摸索前行，偶尔手挽手、肩并肩，但依然举着智能手机，在漆黑的胡同里迷了路。分开前行或许更好，更多时候，分开是一种光明的可能。小雾喜欢骑着踏板车风一样自由地穿梭在胡同里，当然她的自由更多让我们觉得局促；母亲喜欢算计和等待，但她们都一样，做着不切实际的梦，在语言文字铸就的白塔里，暂时变得可爱温柔。才华就像夏天的风，偶尔吹来的时候，的确动人。

母女二人都试图寻找幸福，但都以失败告终。她们的捆绑式关系就像一个巨大的漩涡，让她们与世隔绝。小雾在一段美好的不真实的恋爱关系里，主动退出，她承受不来"美好"；母亲在一段与旧情人的复合过程中尝得久违的欢愉，脸上是少女般的粉色，声音甜得像蜜，但最终也被动无果。与其说是她们命运的坎坷，倒不如将其归咎为这种牢固的"关系"。她们都已习惯对痛的麻木，并学会了从痛中汲取力量。

杨明明(女主)导演对剧本进行三段式划分：奶，羊蝎子，瓜。因为全篇充斥着"吃"。从一开始母女二人在饭桌上的吃和谈开始，她们的硝烟就从未消散。镜头中赤裸的真相大部分被"吃相"承包：她们吃得狠劲、吃得难看、吃得充满欲望。无论喝百利包牛奶，还是啃羊蝎子，抑或从半夜吃到第二天中午的哈密瓜，都成为被母女关系笼罩的受害者。它们在她们手里、嘴里变得面目狰狞、质感粗粝，像是她们权力和欲望的辐射阵地。"我就是想把食物跟他们的生活联系起来。食物象征着贫瘠和缺乏，可以体现出生活的苍白。似乎除了吃以外，没有别的东西值得投入和讨论"，导演说道。

最后，我接受了这种畸义的爱，爱并不一味都是好的，这部电影既探讨了关系的多种可能性，也成为探讨爱的多重含义的最好注脚。这部《柔情史》同《春潮》(2019)形成了一种畸形母女关系的二重奏。我最终愿意相信是有爱的，这爱幽暗地残存于心底，像剧中停电后在烛光中，母女二人还能同床相对，眼神温柔。但一来电，就没有了。

"柔情和无望几乎是同时发生，这就是爱的双重含义。"

《温蒂妮》:欧洲神话的现代性回溯

1. 温蒂妮的神话传说

温蒂妮(Undine、Ondine 或 Undina),又称水女神,是中世纪欧洲炼金术士帕拉塞尔苏斯在其炼金术理论中提及的"水"元素的名称,亦是欧洲古代传说中掌管四大元素的"四精灵"之一,与"火""风""地"并列。后来温蒂妮被描绘成居于水边的美丽女性精灵。传说中,温蒂妮本身没有灵魂,但能通过与男性结合及孕育子女的手段获取灵魂。

根据帕拉塞尔苏斯的理论,温蒂妮是水中的女性精灵,是一切水元素的主宰。她们多在森林中的湖泊及瀑布附近出没,拥有甜美的嗓音,有时会盖过流水的声音。在一些欧洲民间传说中,如果温蒂妮不能与一名凡人男子结缘的话,她们是不可能获得实质灵魂的。可是如果跟温蒂妮结合的男性出现外遇,背叛了与温蒂妮的爱情的话,温蒂妮便会杀死她的丈夫,再次回到水中生活。可是,回归水中的温蒂妮亦会失去由婚姻所赋予的灵魂。这些传说使温蒂妮常被浪漫主义文学作家选取为小说创作原型。

"你曾以每一个清醒时的呼吸为誓,向我证明你对我的忠诚,而我也接受了你的誓言。既然如此，为了实践承诺，自今以后，若然你能一直保持清醒，你仍能呼吸；可是只要你一堕进睡眠，你的呼吸将会被夺走，而你也必定死亡！"这就是有名的"温蒂妮的眠咒"。

2. 神话——原型批评路径

（1）人物形象的神话——原型理论特质

按照神话——原型批评理论，温蒂妮具有精灵的魔法，她可以在水中生活，并杀死背叛她的男人。要在这部电影中寻找温蒂妮这名现代女性身上水精灵的特质，线索显而易见。她生来爱水，不怕水，可以调动水。温蒂妮第一次与 Christoph 相遇，她便用意念让一鱼缸的水爆裂溢出。或许是她当时对于男友 Johannes（下文简称 J）的愤怒，或许是偶遇 Christoph（下文简称 C)时的心动，我更倾向于后者。C 介绍自己是名工业潜水员，这便与鱼缸里的潜水员雕塑产生了命运般的吻合，这枚雕塑也自此成为温蒂妮与 C 爱情的鉴证。他对于水的情结也成为他爱上温蒂妮的一种先兆，他每次潜水，都充满神秘，他甚至偶遇了那个湖里人们传说的超大的鲶鱼怪。

当温蒂妮爱上 C 之后，他们每次相处都与水有关。他们一同潜水，不小心打翻红酒，后来 C 不幸在水中被涡轮缠住缺氧等，都与温蒂妮作为水精灵不可或缺的"水"元素息息相关。她们在水下潜水的经历预示着命运的轮回：温蒂妮来自水中，上岸寻找所爱之人，并通过与他的结合获得灵魂与生活。那块位于水底，藏于水草中的砖塔上赫然印着的 Undine 和后缀的爱心，都是 C 在第一次潜水之后就有所察觉的爱情的宿命。

按照神话传说中的情节故事，温蒂妮需要杀死背叛他的男人，最终回归水里。于是，在得知 C 在水底出事，并结合一通神秘电话，温蒂妮推测是 J 向 C 泄露他们的往事，并激怒 C，从而导致他出事。于是，她潜入 J 家的泳池，将 J 压入水中，溺毙。如果按照现实逻辑，温蒂妮是不可能有足够的力气按压一个中年男人，直至其溺亡。但如果她是水精灵，这一切都可以得到解释。在这之后，她丢弃一切现代社会的身份符号，包括她的皮衣、她的双肩包、她的城市历史讲解员身份等，径直走进水中，化作一团气泡。

（2）故事情节的神话——原型批评

最后，按照神话原型的路径，温蒂妮在欧洲民间神话中的普遍品质是对爱情的忠贞和由爱滋养而生的灵魂，回归陆地，爱就如同水，她不能离开。这部电影最鲜明的主题之一便是在现代语境下，古老神话如何在现代人的生活中回溯其爱情主题的永恒性，或曰爱情神话的现代性指向：欺骗与背叛，这永恒不变的主题。温蒂妮和 J，是后者背叛了她；温蒂妮与 C，是她欺骗了后者，虽然纯属无意。导演佩措尔德在现代柏林的城市生活情境中嵌套进一个水精灵对于爱情的执着追求，并用神话中人们理想的方式进行复仇和救赎，实际是现代人对于爱情传统的变奏曲。

温蒂妮的形象总与水的意象、浪漫的爱情相伴而生，其中暗含的是西方自然哲学的思考。水，即生命的本源，爱情，即赋予灵魂的事物。可以说，温蒂妮的神话绝不仅仅是一场关乎背叛与情杀的婚姻裂变，更是一场触及了灵与肉的爱情悲剧。

3. 个人在城市历史中的眩晕感

温蒂妮的现代性身份是柏林的城市规划厅的历史学家和讲解员，讲解员是一份自由职业。她随时可以离开。电影在古老神话的背景下，细致勾勒温蒂妮个人的爱情史。但同时，这部电影最具特色的地方在于神话与现实交织的错愕感：电影中三段大段的柏林建筑规划和建筑演变历史的讲解词，令我们很疑惑，有很强的分裂感。这可以说是其错愕感集中爆发的地方。

（1）东德的建筑流变

温蒂妮第一次自我介绍，说她是一名历史学家，同时代表城市发展与住房议员为国内外游客提供讲解，在参议院工作。她最初介绍了东德的四个模型，重点介绍 1991 年后的柏林模型。在 1990 年德国统一之后，建筑的重点放在之前的东德内城，即德意志民主共和国，那时属于东欧社会主义国家阵营（1949—1990），也就是"历史中心"（historical center）。她还说，城市议会建筑，是消失前的理想化的城市自画像，并对现代柏林的边界做了介绍，可追溯到 20 世纪 20 年代的"大柏林法案"时期。温蒂妮最后指着模型图问游客，有谁能指出，我们现在在哪？这个问题实则是对每个个体在人类历史坐标中的诘问，也可以是对个体在历史坐标中的空间层面的定位。

面对如此复杂的城市规划模型，我们或许能指出目前的位置，但对于内存模型的记忆和感知，以及它是否在个体身上留下温度，我们是否有机会亲手触摸每个建筑的墙面和纹路，答案几乎是否定的。个人记忆作为个人史的一个衡量标准，早已淹没在浩瀚的城市发展和国家发展的洪流中，政治因素的风云变幻导致的眩晕感，正是这历史的眩晕感。因此温蒂妮在一阵眩晕中，将目光锁定在最后一根稻草——爱情身上，她似乎看到城市规划厅旁边的那把椅子上，有正在等待她的爱人。

(2) 德国首都建筑的社会主义价值

温蒂妮第二次的讲解，聚焦于二战后几年，国家这个词在建筑中的分量，她说：国家这个词的分量难道不是早毁于国家社会主义之手吗？对于德国历史在人类两次世界大战中的特殊之处，导演并没有让温蒂妮的讲解词有过多渲染，也没有插入过多政治隐喻。但随后的剧情，却是温蒂妮被叫醒时，不小心将工业潜水员雕塑打翻在地，并摔断一条腿。这种震惊与电影的错愕感和历史的伤痛感有某种不言而喻的吻合和互文性。

(3) 洪堡论坛原址从宫殿到博物馆的变迁

温蒂妮第三次讲解并非在工作场合，导演将其置于温蒂妮的公寓内，她默默背诵讲解词，并且在 C 上门拜访之后，专门让温蒂妮给他介绍"洪堡论坛"原址这一建筑。这更增加了电影的错愕感。这种错愕不仅是神话与现实的交织，而且多了一层历史对个人的渗透。温蒂妮说拆除的大教堂变成了一片空地，市民们都有着一种被暴力截肢后出现的幻痛。并且说："现代建筑学理论教会我们，建筑的设计起源于对其预想用途的最佳实现，样式追随功能。"幻痛这个十分具有私人意味的词被交织在历史语境的阐释中，加之前摔断腿的雕塑，为后续剧情的走向指明方向。甜蜜过后便迎来疼痛，痛感之后会有漫长的悲伤。当C在温蒂妮家欢愉之际不小心打碎一瓶红酒，那污渍洒满一墙，成为他后来寻找温蒂妮时，这城市建筑在他记忆中刻下的烙印，包括城市规划厅中熟悉的模型、旁边咖啡馆里冒着气泡的鱼缸，都是他与这个城市的一些联系。

现代人的生存，在语言和实践层面有着严重的分离。我们说出的话并非源自我们的切身经验，我们往往成为被架空的"历史"。或许只有爱情，才是现代世俗中的一根救命稻草，像水赋予温蒂妮生命那样，爱赋予我们灵魂。这部电影所探讨的不仅是古老神话的现代性隐喻，更多的是人类在现代性社会中的生存困境。

《鸟类变形计》:语言与影像的"空谷回声"

通过一部电影,串联起我对于现代电影中旁白与影像关系的私人回溯。

1

几个月以前,在一次博士课堂上,导师让我们每个人说说最近看了什么、读了什么,我记得我在说完重读了鲁迅的小说《伤逝》,并看了由小说改编的同名电影之后,专门评价了电影中我彼时很不喜欢的"看图说话"式的旁白方式,即旁白所传达的信息跟影像所提示的信息完全重复或重合的场面。跟很多对于电影语言有着固执看法的观众一样,我一直以来对这样的"重合式"看图说话的旁白或独白方式嗤之以鼻。因为我们认为,一部小说由文字转换为影像,表达方式肯定是不同的,影像可以将文字中模棱两可、氛围模糊或意境晦涩的某种不确定性投射为荧幕上的确定性。这种确定性再无须佐以文字,人人都能看得明白。确定的影像的串联也可以构成情绪的流动,或某种情感流,这也能弥补文字表达时的一种抽象性。这种非常浅显的见解终于在我读到一篇关于论述费穆、布莱松、朗西埃的电影论文中被颠覆了，并且我获得了很具说服力的解释。这种解释让我相信，类似《伤逝》中这种语言和影像的完全重合，竟然是影片最富有魅力的时刻。

  费穆的《小城之春》里旁白如同紧跟影像的"跟屁虫"，为观众解释、讲述影像里出现的动作、背景、人物和心情。几乎所有的旁白都"等于"画面中的内容。于是，当看到《小城之春》是中国电影史上代表中国电影艺术成就的一部经典之作时，不免会疑惑。并且，在20世纪80年代，文学与电影关系的探讨中提出"丢掉戏剧的拐棍"，电影也被呼吁要摆脱文学的束缚，是在呼吁电影表现的纯粹性，即电影语言的纯粹性，追求真正的"电影化""电影感"。《小城之春》中的旁白"等于"影像的做法，难道不是电影语言最忌讳的吗？

  同样的"诟病"还反复出现在布莱松的电影里，如《扒手》《乡村牧师日记》。我们当然不会否认他们"不懂"电影，相反，他们都是很厉害的电影导演。巴赞给予了这样的解释："对强调影像和声音绝不可互相重复这种电影批评里的常规定见，布莱松彻底予以驳斥。这部影片《乡村牧师日记》最动人的时刻恰恰是语言和影像描述同一件事的时候。但是，这是因为语言是以跟影像不同的方式在描述。事实上，声音不是为了让我们正在看的事件呈现得完整全面而出现在这里的，它对事件做出强化和扩张，犹如小提琴共鸣箱强化琴弦的震动颤音。不过，这个比喻还缺少辩证法，因为精神所感知到的，与其说是共鸣，不如说是一种错位，就像跟素描草图没有完全吻合的色彩的错位。而事件呈现出它的意义，是在这个边际的交错部分。"巴赞还给这种错位起了一个浪漫的名字，叫"美学电位差"。

  以上论述的关键在于，巴赞承认语言和影像是在描述同一件事情，但是以不同的方式，这取决于它们本身媒介属性的差异。他最终强调的是，两者是在不断相互错位、拉扯、龃龉之中进行同步讲述。这需要一个电影观众十分敏锐的对于"美"的感知力才能理解其中深义。巴赞所举的一系列例子，都在不厌其烦地解释，这种错位形成的类似于声音的循环往复构成的和谐的复调。美感就诞生于此，是旁白与影像之间的多维度的差异性在描述同一件事时形成的最具魅力的和谐共处。这种描述是以二者同时存在为前提，只有一个，共鸣和循环就无法形成。

2

  继巴赞之后，哲学家雅克·朗西埃也对这一现象有过精辟的论述。他说近代小说的一个倾向，是努力摆脱说故事的单一功能，而试图扩张语言文字的能量，去描写具体的事物的细微面貌，由此也给故事的因果线索造成妨碍性效果，而这给小说本身带来了传统样式下不具有的丰富性和暧昧性。对此，朗西埃用过一个词：微小知觉。

  如若小说本身就已经达到朗西埃所说的这种细微描写的能

力,已经具有了一种"影像性",它已经充分调动了在语言文字的范畴内自己的"视觉性"和"电影感"的话,电影改编该对此做如何的艺术处理呢?如果就是简单地将文字描写的细致入微的具体物体投射在荧幕上,是否说明这种改编的拙劣呢?像费穆、布莱松等导演都选择了反其道而行之的弱化处理。有时,文字描述的细微和准确反而会带来意义上的模糊。这些导演在某些时候会选择"反再现"的表现手法。

再回到《小城之春》,正是在它的"语言"部分愈是"文学",愈是不配合"影像"或成为其"累赘"的时候,"影像"反而获得一种独特的魅力,获得了一种时间的厚度。

当影像以视觉形式直接展示事件,而这同一个事件,旁白以语言的形式间接性地再度提示。影像的"直接"与语言的"间接",经由这样一种双重操作,事件获得了多重性的表现。有学者表示,这很容易让人联想到叙事中的自由间接话语形态。叙述或描写的视点到底是谁的这很难说,当这两者很难判断、混合在一起时,这种叙事形态可以被称为自由间接话语。很多时候,这个视点是第三个存在:一方面跟写作者和作品人物都有关联,另一方面却又无法归类的匿名存在。

语言与影像之间的关系在这些影片中是这样的:影像被语言拉过去,语言因影像而获得意味的变更。真正发挥作用的,既不是语言,也不是影像,而是影像和语言所构成的动词状态的相互作用,是围绕同一事件影像和语言互相修正的这样一种未有停滞的"工作状态"。有学者指出,如果说"直接"的影像因语言的

"干扰"而被调整，那么也可以说，"直接"的影像因语言而获得了一种"间接性"。也就是说，在"直接"展陈事件的影像上，当下介入由"间接"性语言引起了对事件的回溯、反刍。而"间接"性的语言也因影像而获得了某种"直接"性。或者说，语言获得了一种视觉感。

如同《苏州河》中的旁白，与画面的关系又与前面所述不同，它们并没有完全重合。语言对于画面的解释带有一种由声音和语调营造的氛围，这氛围又反刍了画面中又脏又旧的苏州河，河上的工业氛围，以及穿梭在岸边、桥上的美美，这种人物精神状态的孤冷、人际关系的疏离。还有侯孝贤的很多电影里，《童年往事》《风柜来的人》都是借助语言和影像的"错位"重叠体现时间的厚度，很多案例中时间都是以回忆的姿态通过当下的影像被重新阐释，从而获得一种留在观众脑海中的"持久的电波声"。

影像与语言之间，"直接"和"间接"之间的相互作用，还包含两者各自的时间性。事件或动作由影像展示出来，同时由语言来重复、反刍、反省。这意味着，现在的当下成为过去，现在展示的事件当下成为被回溯的过去的事件。回忆性的话语在当下影像的关照下具有了现在性，而当下的影像也因为语言的回忆性在时间轴上有了回溯的性质。针对这一理解，有学者也给出了一个很好听的词——"空谷回声"，必然余韵悠长，也是一种时间厚度的体现。

所以，对于像我一样的电影观众，如果一味追求"旁白的消失"，先锋的影像或纯粹的电影语言之说，那或许会让影像走向一条死路。"这种影像语言内,必须完全撤掉影像的概念。影像必须排除影像的观念。"布莱松《电影书写札记》里的这段话提醒我们,对电影有着深刻理解的电影作者反而对"电影语言""电影化"保持着警惕和艺术自觉。

3

最近看了在第70届柏林国际电影节上"遇见单元"获最佳影片提名的葡萄牙电影《鸟类变形记》(The Metamorphosis of Birds),整部电影都以父母的信件作为旁白,语言之下辅以图像或短的影像完成全篇。这在传统的对于电影语言的认知上,或许让很多人有所疑惑或厌恶,但于我而言,我却一改往日对于旁白电影的讨厌,反倒喜欢起来。

这部电影是回溯性质的,是将时间长河中即流动又成为永恒的时间本质作为基底,细密纺织家族几代人的生命构成。在时间和生命交织的节点上,为这旷野、为这房屋、为这雕塑、为这植物、为这棉裙留下了哪些痕迹,而这些痕迹又以怎样的必然和偶然出现在生命延续的记忆里和生与死的隔阂里。

一开始,影像是一张布满皱纹的脸,但脸上的眼睛依然清晰,毛发已经变白。他注视着你,开始旁白,这是一封写给贝特丽斯的信。从"现在"的时间讲起:我住进养老院,卖了房子,身体不听使唤。孩子们要搬走旧房子中的一切,于是记忆随之被呼唤出来。"但事物都有它们自己隐秘的生活，一切都和你还在的时候不一样了。"这句话对应的影像被切换成一个家庭摆件，一个银制挂饰，圣路西的眼睛，上面还是一双眼睛，在注视着我们。"一切都不一样了，我的身体，我们的房子，我们的家。""但我还是会想念大海"。

接着在另一个声音的旁白中，我们得知写这封信的男人叫恩里克。这个家是他跟贝特丽斯的。他们相遇、相知、相爱，组成家庭，灵魂永不分离。镜子的影像被集中展现，房间的陈设、光线的明灭、地毯的褶皱都在镜子里被反观。于是房子里有了他们共同养育的六个孩子，记忆的浪潮开始回到最初。

"鸟"的意象是如何出现的呢？是影像中的孔雀羽毛，被一根根摆放整齐，随后是他们第一个孩子雅辛托的一种信念：他一直相信有一天他可以在地面以上的地方生活，在那个鸟儿居住的地方，摆脱尘世的重力。于是便有了《鸟类变形记》。在贝特丽斯忙着照料六个孩子时，她受到花园里植物的启发。"生长在院子里的诚实花，让贝特丽斯确信神秘都隐藏在细节里，她从植物的直立性受到的启发来教育孩子"，这一段语言对应的影像是一株被拿在手中不断转动的风干的树叶。因此，这部影片中影像和语言的关系并不像之前的几个例子。这部电影试图将导演对影像的记忆在影像本体的范围之外利用语言加以拓展。这是一种"溢出"，是记忆发酵后蔓延到精神的一种炙热，但这炙热不能让它无止境地发散，以致最后散成"如烟往事"，它需要一个实物的投射，就像是需要一支冷凝剂，将它拉回来，获得某种可表述性、可凝视性。就像我们对自己的记忆加以凝视，如果没有一个物的载体，记忆很容易就飘散了，记忆本身具有某种不可言说性。所以，这部电影是导演尝试在记忆的不可言说性和影像的确定性之间找到一种平衡。

旁白语言中对于帮佣祖尔米拉的回忆伴随着她削苹果的动作，她粗粝的手、削苹果的姿势、苹果的质地，以及刀子削下去的声音，都将影像的功能和作用放大了。不同于传统电影里影像的运动性和故事性，这里的影像本身虽然以静态、单一、断裂为主，但每一帧影像从时间的纵向度上都有了厚度，被赋予时间的历史性。"每一天清晨都在祖尔米拉的烟味中开始，之后她会打开窗户，让四季涌入房间。"这句旁白配合的影像依然是祖尔米拉削苹果的固定镜头，但我们随着旁白的流动和讲述，思绪已经荡漾开了。观众会自觉想象祖尔米拉一早忙碌的身影，起床、做早餐、拉窗帘、开窗户，甚至她会探出头去深呼吸，尤其"让四季涌入房间"，是一种抽象的语言描述，如果要用影像表现这句话，是需要将想象通过同感和联想的方式投射到一些具体动作或画面上的。

很多次，他们的孩子雅辛托都将自己当作鸟儿、植物的一部分、自然的一分子，躺在树林中。人的生命并没有从整个自然中抽离出来，电影中的人们在努力趋向自然整体，在体会自己生命与自然界万千生命之间联系的桥梁。父亲是名水手，他在海上写下无尽的思念，将生命体验融入与大海、船只、海鸟、月亮的关联中，让个体生命的时间线索与自然界的时间线索合二为一，在流动感中既消融个体又强调个体。犹如科幻片营造的沉思感，既让人感慨人类的渺小，又无限放大生命的意义，是矛盾修辞的升华。

正如安德烈·塔可夫斯基《镜子》中对于记忆的影像呈现，这部电影是一部影像的结晶，是经过记忆沉淀后重新萃取的结晶。但相较于《镜子》，《鸟类变形记》中旁白和影像之间的关系更加直白，只是在语言的拓展层面溢出了影像之外，但前者却是诗性语言和抽象影像的结合，在解读层面带有某种晦涩感，影像和语言是表面上完全错位的"背离"。电影语言整体偏向于诗性气质。对于电影观众，提出一种极高的要求。

我在看完影片的第二天，给我的孩子看那些花朵绽放的快放影像，他看着花瓣绽开后逐渐站立起来的花蕊问我，妈妈花蕊为什么会动呢？我说因为它像你一样总有一天会站立起来自己行走啊。说完，我又想起贝特丽斯"从植物的直立性受到的启发来教育孩子"这句旁白，以及花蕊直立的影像和我的孩子蹒跚学步的回忆的交织。

本文中的引文，参见应雄《"语言"和"影像"，或"文学"和"电影"——费穆、布莱松、朗西埃》，《当代电影》，2020年第1期。

《无依之地》:诗意电影的诗性内涵

1

在《斯皮瓦克理论研究》①这本书中,作者在对第三世界庶民研究做了大段论述后,笔锋一转,关注了第一世界的庶民研究,题为《消失的美国人》:

> 来自第三世界却身居第一世界的斯皮瓦克不仅关注第三世界庶民研究的生存现状,同样也关注美国本土的少数族群的生存发展动向。在斯皮瓦克看来,庶民研究不应该仅仅局限在第三世界,美国本土的少数族群事实上也是受到主流意识形态排斥、备受压迫的边缘族群……作为文化大熔炉的美国,其社会无论是在文化上还是在人种上,都是杂糅多种文化和人种而形成的一种特殊的文化结构。然而,殖民历史造成的现实是:美国上层统治阶级一直都是欧洲传统式的白人统治。

虽然斯皮瓦克这里所谓的庶民是按照族群或种族来划分的,

譬如美国社会的庶民，主要是指黑人，相对于美国社会的白人来说，是一种种族分歧和矛盾，根深蒂固，很难彻底清除。但扩大其"庶民"定义的外延，也可以是与主流社会生活方式和主流价值观完全脱离的、无法融入的边缘人群，这一群体在数量上占少数。在美国，主要是那些以无政府状态存在的游离于"体面"生活之外的流浪者、嬉皮士、波希米亚式的自我放逐于天地间的"无家可归"之人。

这类人在美国除了形成一种非主流的边缘化的苦行僧式的生活方式之外，更多成为一种精神旨归，他们体认的人生意义和价值是不能束缚于现有主流价值观的框架之下的，很多过着游牧般的迁徙的、一直移动的生活，居无定所。他们形成了自己的组织，有自己的精神领袖，有自己一套完整的价值体系，精神上是自洽的。

2

自电影诞生以来，越来越多的导演、编剧将视线转向我们主流生活之外的一种"观察"，以一双旁观者的眼睛探究他们的生活。为我们贡献了好莱坞商业大片主流之外的"私人"电影，为电影产业、电影内容的多元化提供了一份宝贵的视角。多元并不能保证平衡，它只能丰富文化生命，增强其生命力，保证文化的年轻化。

赵婷导演，就属于这类善于拍摄"边缘、他者、主流之外"的似乎被人们遗忘了的人群。她不只是"看"着他们，她将自己变成他们的一分子，一边体验那种生活一边拍摄，可以说，她为我们提供了一份非常详细的饱含感情的边缘人群田野调查。赵婷讲故事的方式如果不是充满"解构"思想的话，那也至少是特立独行的，与主流分裂的，她抛却一切外在形式，直抵这些边缘人群个体的内心，从而搭建起人类共同的桥梁。看了她的《骑士》和《无依之地》之后，我甚至以自己还过着这样麻木的、随波逐流的主流生活而深感惭愧。她镜头里的每一位主人公，都认真思考过"我"与世界的关系，都认真感受脚下每一寸土地，都感恩、凝视每一次夕阳。甚至她镜头下的马，眼睛里都闪着怜悯。《无依之地》主人公 Fern 的房车成为代替我们手中手机的她的身体和精神的延伸。

当 Fern 失去一切，她踏上一条流浪之路的时候，属于她个人的生命历程才开始。我们终其一生，都在与别人的关系中度过，唯独缺少与自己关系的那一块拼图。《无依之地》是个好的机会，它为我们提供了两个小时的冥想之路。它是对于现代繁忙生活的一种解构，是从中心、主流到边缘、非主流，甚至到那些被我们遗忘的边缘，那群无依无靠只剩自己的流浪汉，那群四处为家、以车为房的后现代波希米亚人。有时候，我情愿偷偷做一下置换，将自己装进 Fern 的房车，沿着夕阳染色的西部公路，在旷野里永无止境地开下去。

3

《无依之地》是一部并不具有诗性的现实诗意电影。

赵婷导演的电影有一种既不残酷，也不温柔的深远意境，但在现代游牧者生活碎片和日常对话中溢出我们需要的刚好的诗意。当Fern驾车在西部蜿蜒曲折无止尽的公路上开下去的时候，我们内心的配乐唤出了电影的配乐，是一种宏大、苍凉、崇高的意境。

豆瓣电影中有短评说："本片没有任何秘密可言，文本和影像的构成逻辑都是敞开的，乃至机械的，简陋公路片骨架内没有情绪的积攒和表意的演进，只有松散堆叠的对白段落不断添加不必要的释义。……自然风光更多作为裹挟人物的情境而不是冲击观众的独立形象，因此"孤独感"与其说是电影技法的效果，不如说利用了观众对于特定地域影像的天然共情。"

这段自然有它的道理，但整体上，很多观众混淆了诗性电影和诗意电影的区别，也没有将人物与环境的多元关系进行整合。我们用镜头构建的世界一般来说有主观视点和客观视点。这部电影也并没有单纯使用主角Fern的视角，它以Fern的视点为主，混合了几种视角，进行多元呈现，在对比中突出孤独感。尤其当一个人被抛在她的人生遭遇，被抛在大自然的隐性、神秘力量之中时，这种孤独感尤为强烈。或许跟塔可夫斯基纯粹"冲击观众的独立形象"的对于自然物体或风光的拍摄不同,这部电影的确是将人物放置在特定环境中引起观众共情。但这也同时营造了一种沉浸感,达到了在主流生活之外创造一种"边缘"体验的短暂共鸣。因为诗性电影如果说是激发一个人内在诗性经验和考验观众解构式理解力的话,那么诗意电影就是通过视听盛宴将观众拉入某种特定的、封闭的情境之中,只让他感受导演想呈现的意境,最多也是止步于情感层面的宣泄,还达不到诗的意境。

《无依之地》在主人公 Fern 的不同世界之间切换,流转,但我们明显能感觉到她向往和喜欢的是哪种状态。当镜头快速掠过亚马逊仓库中临时包装工的工作过程时,我们也急于跟 Fern 一起钻进她的房车,沉浸在自我的世界里。当她试图融入世俗社会,与他人建立起某种稳定长久的关系时,我们也随她焦虑、不安。她的从容、随性、安心都是伴随着房车在路上一个人完成的。这或许也是某种现代世界异化的表征。为了坚守"自我"这一小块阵地,我们宁愿与整个世界格格不入。

电影中,Fern 与另一位孤僻、乖戾的老人的这一段交谈是最打动我的:

> They've told me I've got seven or eight months to live. I'm gonna take my trip, gonna go back to Alaska again, cause there are some good memories. And emmm, just do what I have to do. I have this book called *Final Exit*, written by my doctor, some call him Doctor Death. There

are various ways to end your life, it's like a recipe. I have one, sometimes I would go back into it to find inspiration. And I won't spend time at doors, not in hospital. No, thanks.

I'm gonna be 75 this year. I think I've been lived pretty good life. I've seen really beautiful things like kayaking all those places; moose wild, moose family by a river in Idaho; Big white bird landed six feet over my kayak in a lake of Colorado; or at the corner of a cliff, there are over 500 swallow flying over around and reflecting in the water, and felt like I was flying and these swallows flying all around me, and babies are hatching out and eggshells falling on the water and floating on the water, and those white eggshells. It was so awesome, I felt I've done enough, my life was complete. If I died at that moment, completely fine.

Oh, I wanna see something beautiful.

仅仅是"I wanna see something beautiful."就够了。而这一切都是你一个人与这个世界发生的关联，它喂养你的精神，直到你能直面死亡。是你真切感受到这个世界的美，不关乎他人，是一种柏拉图式的精神迷恋。而现在，我们连这种追寻人与自然本质化连接的欲望都没了。

赵婷导演的电影里，在我看来，正是在探寻这样的人与自然、天地的精神关联。所以她喜欢在广袤的西部旷野、在冰天雪地的无人区、在夕阳普照的美国南方戈壁上、在美国印第安人居住的保护区内关照"人"的状态，建立这种关联。之所以喜欢看赵婷的电影，是因为我们在钢筋水泥的都市森林中快要迷失了。

为了不迷失，我们选择《无依之地》。

①关熔珍：《斯皮瓦克理论研究》，复旦大学出版社，2017年。

《困在时间里的父亲》I:"画外"的绵延

这部电影的英文名 *The Father* 似乎更倾向于影片叙事的主体性——父亲。当"父亲"不再是一个身份,而是一种变得不再具有确定性的指代中心时,原本的确定性关系和固定的时空记忆也随之被打散。中文翻译《困在时间里的父亲》对"父亲"这一身份强加了定语——"困在时间里的",较之英文表述直接反映影片内容———位患有阿尔茨海默病的父亲如何困在时间迷宫里走不出来。

当阿尔茨海默病越来越为电影所爱时,我们往往作为旁观者的旁观者进行观看和凝视。把那些罹患这一病症的人当作永恒的"他者"进行观察,通过当事人的子女、配偶、朋友、同事,观众进一步成为旁观者的旁观者,一般电影的叙述视角总是把他们当作客体进行隔靴搔痒式的剖析,甚至都不能称之为剖析。如在美剧《实习医生格蕾》中,格蕾的母亲曾是一位颇具造诣的外科医生,然而晚年罹患阿尔茨海默病之后,给观众的唯一印象就是:不认识女儿和时空错乱。这种"隔靴搔痒"式的描写通常是指他们带给别人的痛苦,即被遗忘,或在确定的亲子关系中变得失衡———方还以此为标准,而另一方早已从关系里游离。不确定的情感和记忆混乱带来的疏离成为清醒的人痛苦的原因。

这部影片的视角切中要害,镜头与安东尼·霍普金斯一起坠落,落入阿尔茨海默病患者的头脑中,在迷宫里打转。因此,它具有一种强有力的拉力,拉着正常人去体验另一个纬度的时间,明知那是被打散的时空,但必须坐下来在一小时四十分的时间里做一个阿尔茨海默病患者。结果证明,这种体验是痛苦的,仅仅体验自身就让人充满困惑、无助,更不要说"父亲"本身。结尾处,他终于回归当下时空——那仅仅是一间养老院的病房,并在一位护工怀中哭着说要找妈妈时,其中滋味极其酸涩,一种巨大的悲悯油然而生。

如果人类脱离了约定俗成的时间和空间,我们的记忆何处安放,我们在社会中的坐标如何位移,我们又如何才是"我们"。亨利·柏格森说:"事物从来都不是由它的初始状态决定的,而是由潜藏在这状态里的潜能。"当安东尼·霍普金斯扮演的父亲这种身份状态和生命状态在时间迷宫里四处试错时,他"父亲"状态中的潜能才真正发挥毁灭性的能量。他的女儿安妮也被困在时间泥潭里无法前行。

《困在时间里的父亲》这部影片中的时间是非线性的,它困住父亲也困扰观众,有时候,我们无法分清,在父亲形象缺失的镜头中,那时间是否回归安妮,即正常社会时间,还是只是取景时镜头没有跟着父亲离开又回来,只是在原地等他呢。正如德勒兹在《电影Ⅰ:运动—影像》中提到的"解框"概念(deframing),意指影像的另一个纬度,例如小津的空镜镜头,或布列松的松散空间,这些影像在提供可视的功能之外,还有一种可读性功能。德勒兹由此引出"画外"(out-of-field)的概念,指既看不到又无法被理解,却在场(present)的东西。父亲总是走出画框去找表,那是他迷失时间的隐喻,是他在更深的层次上的迷失。他不仅去他秘密藏表的地点找表,还总是怀疑有人偷了他的表,他的时间被"拿走"、被"藏匿",他也觊觎别人手腕上的表,即对别人时间秩序的嫉妒,对自身时间与他者时间错位的困惑。这个概念——对时间的具象化和准确化的执着——成为德勒兹所说的"画外"的两种面相存在之一:绝对面相。在此有必要提及德勒兹提出的两个概念:"集合"与"全体"。集合是封闭系统,无论是一个集合还是多个集合,甚至所有集合都无法构成"全体",因为集合是可被拆分的,由组件构成,集合可以被分割成更小的子集合或者组成更大的集合;但"全体"不可拆分,全体就像是穿越于不同集合之间的隐形的线绳,通过这根线,集合被传递给了一个绵延,从而被整合入全体。

在《电影I:运动—影像》的第一章,德勒兹论述到全体是开敞(the open),它所表现的时间性往往是精神相关,而集合通常与物质(组件)和空间相关,在德勒兹看来,时间是抽象的精神性的,空间可以具象化为一些组件或物质。那么这种认知或许与这部电影形成了巧合。父亲存在于一所巨大的公寓中,公寓由好多间房子组成,他可以经由他在卧室—厨房—客厅—储藏室等不同功能分割的空间中的位移来确定他的所在,但时间存在于他的脑海中、记忆中、精神里,当他游走于公寓中,或困惑、或发呆、或空洞、或害怕的眼神里暴露出他无法确定时间——他的"全体"的精神性被强行切割了。与"画外"相关的另一种存在即相对面相,这与集合有关,当集合可见而成为景框(景框,大致相当于镜头的取景框,即影视作品的影像在这样一个四边框中的呈现。景框内的空间,即电影的世界。景框是电影影像构筑的基本),必定有一个更大的集合或者其他不可见的集合与之相关联,而这些不可见的集合终会出现成为新的景框,并暗示着新的画外。而相对面相和绝对面相总是交织在一起,所有景框都暗示着画外,既是空间性的,又是时间性的。影片大部分景框都以安妮这所公寓为取景对象,让房间内的家具陈设、门廊窗框自成一体,自动取景,一个屋子(景框)之外是另一个屋子(景框),父亲离开客厅沙发周围走入另一个公寓空间,虽然人物影像暂时走出景框,但观众知道他会回来,也知道他对于时间的寻找和他时间的混乱让静态的空间组件或集合成为一种阵地般的存在,任由父亲这种岌岌可危的、歇斯底里的、无可奈何的精神动态游荡其中。

所以,这部电影表面是静态的,甚至很多空镜镜头,但它从一开始跟随安妮逐渐变快的步伐进入那所困住父亲的公寓之后就很少出来了。安东尼总是通过屋内临街的一扇窗看向街角,屋内的所有陈设都仿佛只是为了指证空间确定性(其实连这看似确定的空间也不是确定的,父亲其实身处一所养老院的病房中),但看完就会明了,原来这部电影是动态的,是一部探讨时间的哲学性的电影。

《困在时间里的父亲》II：绵延的动态切面

德勒兹在其《电影 I：运动—影像》中发出疑问：运动—影像的本质是什么？由此他通过分析亨利·柏格森关于"运动—影像"的理论得出三个变体，即知觉—影像、动作—影像和情感—影像。或者换句话说，这三种变体都是对于运动—影像的加强和强调。回望《困在时间里的父亲》，镜头作为"一个整体"让我们感知到的是困在时间迷宫中的父亲眼中的事物——安妮的公寓、屋内的家具陈设、屋内出现的不同人，还有从他卧室窗户望出去的景观。这部影片之所以让我们有"坠入"阿尔茨海默病的身临其境感，很大程度上是因为很多镜头的视点来自父亲本人，直到最后几分钟，视点回归第三人称，我们才跳出来。来自父亲本人的视点带我们从父亲的角度观察事物，因此具有父亲的主体性。

事实上，柏格森对于感知的认识不同于德勒兹。前者认为对事物的感知和事物是一回事，只是被归属为两个不同的参照系统。事物就是影像，对其他所有影像都可以完全地、即时地做出反应；对事物的感知也是同一个影像，只是这时它不再对其他所有影像有反应，而是对另外某个（即将纳入景框的）特定影像做出反应。这非常适用于患阿尔茨海默病的父亲，他对于事物的感知在某种程度上就是他迷失的感知，所以很多次，景框中的景物对于观众来说也极其具有陌生感，它们从不同的混乱的时间纬度跳出来，被赋予父亲由于时间迷失而导致的空间迷失，像是马上要坠机的人不顾一切想抓住点什么。所以，父亲对家具的陈设的感知和那些家具其实是一回事，如果换成别人的感知，那些家具也不会是这些镜头中出现的家具。简言之，事物和对事物的感知都是"捕捉"，事物是全面地客观地捕捉，而对事物的感知是主观、局部、片面地捕捉。德勒兹认为电影并不把（现象学式的）主体性自然感知作为其模型，因为电影使用运动的中心和多样化的取景来将其引向无中心的、解框式的区域，具有普遍性的变化，是全面、客观和散射式的感知。正如这部电影中镜头视点的变化一样，通过改变运动的中心，或从单一运动中心转移到多运动中心，从父亲的主观视点转换成摄影机的第三人称视点，消减了主观性感知。因此，按照德勒兹的理解，运动—影像可以从全面的客观性的感知（即事物），走向具有（景框）限制或被消减的主观性感知。当运动—影像与一个不确定中心相关联的时候，就成了感知—影像，这个不确定中心可以是事物的不确定，如镜头从一个事物/物体到另一个事物/物体，也可以是视点的不确定或怀疑自身的视点。

第二个运动—影像的变体是动作—影像，动作，按照德勒兹的理解，是对"不确定中心"的延迟反应。"动作—影像不再以选择性取镜、限制或消减的方式来操作，而是世界的卷曲，将事物的行动施加于我们，并同时将我们的潜在运动施加给事物。柏格森有个很好的类比:"感知对空间的操控正如动作对时间的操控"。当困在时间里的父亲决定走动、取东西、换衣服、开门关门等执行一系列动作时,是他在时间迷宫中试图寻找一些能够确定的安慰之物,而动作本身就是它"不确定"的延迟反应,他正是通过这种延迟来打消"不确定",从而在主观层面获得不可能的"确定"/短暂的"确定"。这是他与事物之间的互动。

第三个变体是情感—影像,或叫动情—影像。柏格森将"动情"定义为"敏感神经上的运动趋势",最佳表现对象就是人的面部表情,所以情感—影像往往跟面部特写联系起来。父亲的无助、惊慌,甚至被害妄想、孤立无援这些痛苦的情绪都是通过对他的面部表情进行特写而呈现的。尤其当他哭泣,说自己仿佛是一颗掉光叶子的大树;尤其当他疑惑,出现在眼前的这个人为什么偏偏不是自己想要见到的人;尤其当他痛苦,幻想自己被别人虐待、殴打、抛弃,这些都是运动—影像更高一级的表现目的。

关于运动—影像,或许我们太想当然地将"影像"理解为电影了,其实它并不是直接跟电影有关,外延可以更大。柏格森关于运动的理论,最著名的是:运动是不可分的、异质的、不可简化的。我们无法用空间中的位置或时间中的瞬间(即静态切面)来重构运动,运动一定会存在于具体的绵延中。他甚至进一步将电影看作"静态切面+抽象时间",并等同于自然感知。但德勒兹对这一理论进行了批判性理解,他认为电影是动态切面,是超越自然感知的,是真实运动—具体绵延,是可持续全体的开敞,而非静态切面+抽象时间,这只是一种封闭系统。如果我们在很多电影中看到的线性时间叙事是静态切面+抽象时间的话，那么这部电影绝不是这种类型。镜头的确定让画面呈现一种静态切面，那么出现在镜头中的景物或人物都自带时间性，尽管这种时间是抽象的，因为我们并不会感知它的流动，不像流动的河流或滴答走的钟表；而《困在时间里的父亲》让"静态切面"不再是静态，无论景框中是什么，它都有种时间混乱的动态感，它也超越了自然感知，上升为一种利用父亲患阿尔茨海默病的视点发起的对于时间的审视的主观感知。

因此，我也赞成德勒兹所说：电影就是运动—影像，是关乎于全体的改变，是绵延的动态切面，是困在时间里的父亲在主观时间和客观时间之间来回互动的所有情感—影像的持续绵延，这种绵延像一剂弹出的封闭空间中的球，在三种运动—影像的变体之间来回反弹。

就像电影结尾，当安妮离开养老院，背后是一幅巨大的残缺的人脸雕塑，表情悲伤，这是感知—影像；当安东尼这位老父亲变成无助孩童想起妈妈时，脸上流下令人伤心的泪水，这是情感—影像；当镜头定格在一片茂密的大树树冠，起风了，这是一种抽象的具有隐喻意义的动作—影像；是安东尼在生命的时间轴线上的"不确定中心"的延迟反应。最终，他将像这棵大树，有自身不可阻逆的生命轮回。

散文

夜晚的形态是一声狼嚎

| 吉光片羽

春日好读书

　　人间烟火的浓烈大抵就是傍晚从家家户户窗户里飘出的饭菜香，尤其在春光明媚的人间四月天。趁着万物复苏时的莺飞草长，连带生命的蠢蠢欲动，天地万物都在进行一场盛大的狂欢，来庆祝生命本身的萌发。刚刚割过的草坪散发出略带甜糯极具侵入性的气味，而我连续几天只做同一种食物来满足味蕾的执拗。温度越来越高，我把咖啡的温度一再降低，终于可以在20多度的午后做一杯挂耳冷萃，让冬天的冰块融化在春天。食物连接记忆，也催化情感。像一位挚友所说：她要把最真诚的感情融入一道菜肴里，用心烹煮，亲手端给对方吃。这一连串动作比之交谈更具私密性。做饭或许是一种将爱这种抽象的东西具体化的最佳仪式。

　　在锅碗瓢盆油盐酱醋的世俗日常里，我近来常听《蒋勋细说红楼梦》。通常，一边洗菜做饭，一边听。蒋勋以一种不同以往的主讲人身份和视角，让我对《红楼梦》的阅读经验同柳梢发出的嫩芽一般，得以重生。以往我迷恋"繁华幻灭"，现在我喜欢"青春王国"倒影里的生命极致。那是一瞬间的状态，短暂绚丽，却非有不可。无事可做的时间里，《蒋勋细说红楼梦》成为我的第一选择。在春风里，在柳絮漫天里，在长夜难眠时，在午后困倦中，在饭菜飘香时。我在任何一个生命的细致时刻，都将《红楼梦》的人文关怀放入其中，成为宝玉、黛玉、宝钗、袭人、晴雯、湘云和妙玉他们手里眼里的一滴泪、一颗沙、一壶酒、一首诗、一树繁花和一地飘零。

春日好读书是因为对生命的渴望和体验随着季节愈发增强。单薄的我从来不曾有过多么厚重的人生，在一本本书里，像追逐游戏一般抓住人世间仅有的繁华幻灭、幻灭繁华。所以罗列以下春日书单，愿这些闲书能愉悦你。

● 《时光列车》 by Patti Smith

Patti Smith 的第一本《只是孩子》我买过中英文版本，前后读过两三遍。这是一本回忆录，关于她和罗伯特的青春。十几二十岁时他们如何为艺术着迷，在纽约的街头巷尾热爱艺术：画画、写诗、唱歌，所经历的都是创造型生命体验。Patti 通过回忆与早逝的罗伯特完成了最终告别。在第二本《时光列车》中，Patti 着眼于记录当下的生命体验：她每天去的咖啡馆，她脑海中断续的灵感，她已故丈夫的点滴，她的孩子们逐渐长大，她一直都有的咖啡馆梦。这本书适合比照自己当下看似闲暇的生活来读，当你也在一张餐巾纸上急迫地写下几行脑海中一闪而过的句子时，你一定会与作者相视一笑。

● 《有如走路的速度》 by 是枝裕和

看了几部是枝裕和的电影之后，转而检视他的文笔，读来的温度亦如秋日毛毯般温暖。"不疾不徐，有如走路的速度，走得波澜不惊，走得温暖踏实，一直走到心都出其不意地静下来。"他用不疾不徐的速度书写对电影、故乡、记忆、女儿、社会的态度和真情。他说："如果电影作品是静静沉淀在水底的东西，这些文字就是沉淀之前缓缓飘荡在水中的沙粒。这些沙粒聚集在一起，便成了这本随笔集。"

● 《白先勇细说红楼梦》 by 白先勇

听过蒋勋口述之后，在 kindle 上持续看完白先勇在台湾大学的授课讲义。可以说今年整个夏天都沉浸在《红楼梦》的巨大遗韵里，在名著自带的光环下读来却也是情绪的颠沛流离。白先勇讲述里一些语言的轨迹和腔调让我有种陷入窠臼的束缚烦腻，再加之《红楼梦》人物的悲剧性根源，有时看着宝玉在大观园里被父亲喝令题词，黛玉走到怡红院门口却被拒而暗自猜忌，总有种窗外一片晴天瞬间被乌云遮蔽的偷梁换柱，夏日里翻滚的热浪也会即刻冷却。如果不是困倦难耐，睡前读来一定是摧残美梦。但无论怎样，《红楼梦》注定会成我挚爱的读物。

● 《我的前半生》 by 亦舒

我坚持在看同名电视剧之前在手机上看完了这部小说。小说和电视剧的出入自不用说，给观众和读者的感觉也大相径庭。小说背景是 20 世纪 80 年代末的香港，子君在某种程度上完成了鲁迅"娜拉出走后怎样"的疑问，用女性追寻解放和自由的归宿予以平复。虽然结尾还是步入婚姻，像是一个无限循环的回路，只不过是换了个人。但不可否认，香港的大环境和西方文化的有力影响，子君、唐晶等女性角色要比电视剧里接地气的改编更贴近我们心目中独立女性的形象。毕竟文字和影视的受众不一样，不能一概而论。

●《欢愉》 by 莉莉·金

将一段三角关系置于罕见的人类学研究土壤之中，用新几内亚的原始部落文化比对人类学家们所代表的现代西方文明，一边是看似野蛮的种群，一边是文明洗礼过的现代，究竟情感纠葛在这种错综的环境里会如何发展？阅读过程引人入胜，总能体察到作者这样安排的良苦用心，不可否认，吸引人的还有关于原始部落习俗和神秘文化的详细描述。

●《停车暂借问》 by 钟晓阳

我还是很爱钟晓阳。窝在角落再读她18岁时写下的《停车暂借问》，依然被赵宁静的世纪爱情熨平了这生活打磨起的粗糙。赵宁静和林爽然，似乎一下子就被钟晓阳看透了，他们爱情的质地和走势，他们命运的拉扯和叹息，是那种"他们那么爱那么爱，却还是爱不到一起"的悲剧吧。过了18岁，就再也无法重现只有彼时彼刻才会有的关于爱情的一切幻想。但如今，过了30岁，再读起来，却是另一种琐碎生活的神圣慰藉，像是眼里含着泪，对青春说真的再见。人到中年，你能确定的只有失去罢了。并且在一次次重温中一遍遍体验失去，比如看《柳烈的音乐专辑》时。

一份从春写到秋的书单，原来也没几本。不知不觉到了现在，夏日茂盛的绿植也变得怏怏不乐。秋日开学的场面被连绵雨水灌溉得更加蓬勃,好像在努力培育一片注定会发芽结果的庄稼。上课的时间占据了我生活的一小部分,但却必不可少,面对不同客体时我们切换自我,也享受这期间的自由,虽然隐秘,但它真切地生长于每个自我的缝隙里,等到冬日,也会暖如骄阳。

一步花落,一步花开

在斯里兰卡最北部的佛教小城 Anuradhapura,我们要赤脚走过一条长长的石子路才能到万人膜拜的菩提树遗址,在踏下去的那一刻,我有种痛下决心的悲壮以及继而生出的惘然。每走一步硌得生疼带来的修行方式让苦行主义的萌芽从脚底升起,但作为一个无宗教信仰者,这一切甘愿付出到最终也没换来期待中的安慰。最终才明白,换取不如给予,不问结果,去路坎坷,来路并非轻松。非要从某些行为中汲取意义是并没有什么意义的。心灵的自由要自己给,不要信赖寄托。

近日多看多思多体会,沉淀倒也没几分。看到的影像已逐渐有了固定的再现模式,在梦中,在游离的思绪里,在黄昏远眺的尽头。看到的文字却是流进心底的河流,有需要时滋生几条小鱼游进眼里,才不会看到一望无尽的黄沙。冬日能够取暖的,无非那些看过不忘的电影。

电影感从银幕上蔓延到梦境中,再过渡到生活里。记得那年在 Washington D.C 寒冷的街道上,午夜还未降临,冷风瑟瑟,我身旁走过一位踩着高跟鞋,光着膝盖穿风衣的金发女士,出入这片离白宫不远的一道道门里。这一幕,让我相信电影里的某些画面可以是真的。

　　冬日阳光倾斜，一寸一寸滑落枝叶，找旧书读、旧电影看的日子，有一种"守节的端丽"，还好有新电影作陪。最期待《中邪》。几年前我在跨年夜看了《黑天鹅》，好像开始走入年底观影的迷雾之中：惊悚题材先入为主。2017年12月看了为数不多的几部电影，也都是惊悚或超现实或充满了种种隐喻和暗流，仿佛是年底的节日和仪式感烘托出的一种反思和升华。毕竟一年的油盐酱醋茶，我们已经尝够了，需要来点别的"故弄玄虚"调解一下枯燥的日常机理，让我们感觉无论电影还是生活都没那么乏味。

　　忽地一转，时光偷偷钻进五六月的风雨里。五六月的雨如期而至，像是年岁重复着自己，命运难逃。六月底，又一场绵长的雨。马路对面是空乘专业学生们穿着制服打着伞行走于雨中，粉色的伞，青春无敌，对着悠长的绵软命运挥拳又落下，像《菊次郎的夏天》里黑帮老大一般的菊次郎对着别人捡起石头差点扔出去。生活还是需要一点幽默感的，即使是让人苦笑的幽默。

　　看淘宝物流，有件货物从杭州留下区发出。看美亚微博，她说："那次从无锡开车到杭州，路过个地名叫'留下'，手抖没拍下来。心里想了一万个地名由来的故事：男和女本不该在一起，他们决定分开。月色浓，男人收拾好细软门庭伫立，女人背对倚轩窗。'你打算去哪？''留下。'"

　　留下吧，留下来，留下！留下吗？或许不同语气又会发生不同的故事吧。

　　雨越下越大，让所有的人都留在原地。

他与她吵架,他欲夺门而出,她冲上来,抓住他倚在门上的手,留下。

他与她吵架,在车里,他果断靠边,解了安全带,开门下车,她没有挽留,尽管心里想说:留下。看着他淋雨走远,背影佝偻。

雨天都是伤心事。

深夜看电影,在脑海里贮存了太多情境故事、男人女人,白天借着雨,嘭嘭嘭都弹在荷叶上,搅动得一池荷塘不得宁静。

| 吉光片羽

夜晚的形态是一声狼嚎

影响的焦虑，缺席的在场。

谶语、诅咒和噩梦，三番五次聚集，在哈罗德·布鲁姆所谓"影响的焦虑"里，我像伯格曼电影里的武士，与死神对弈，坐在一片荒芜的礁石边，听海涛狂怒地拍打，海水一层层涌向灯塔边的暗沟，那里浮现一条美人鱼。水手们都是龙王的后代，潜意识里残留祖先征服海洋的记忆，白鲸、麦尔维尔和如黑洞般的神秘力量，随着每次潮水积攒起的欲望，腐化在灯塔顶端无人看见的炽热光芒里，变成一串黏稠的液体，滴在充满铜锈的楼梯扶手上，暗夜里泛着诱人的绿光。海的另一头，是死亡后的平静。那里充满爱情的妄想和思念的徒劳，人鱼的前世是一个普通女子，她在海边漫步，从早到晚，趁着暮色睡去，躺在冰冷的海岸上，思念令她发疯，她最终走向海水，却被梦里的男子背走。海岸上，灯火辉煌的餐厅里，端坐一对恋人，他们举着酒杯，喝下杯底里浅浅的酒，然后离开。她是她另一种生活，她是她另一种记忆。人鱼最终被推上海岸，在灯塔水手的照料下，变成一个孤独的老妪，坐在海岸上织起渔网，眼睛望着海的另一头，什么都不记得。她说，读诗吧，读哈特·克兰。

或许你说我想读莎士比亚，但我只记得哈姆雷特，那位复杂的复仇王子。如果按照布鲁姆所言，每位诗人都要受别人或别的作品的影响，那么莎士比亚是受谁的影响呢？反正众人皆知，莎士比亚的影响是跨越时空的，多层重叠又相互独立的，无人能及。在文学的宫殿，那些出现在经典名著里的人物如何能够相互对话，谁能赋予他们灵魂和血肉呢？成千上万的人物之后，或许是作者们的相互影响。停留在早期的将文学作为一种生活方式的浅滩之上，我往往以为引起我阅读联想的更多是称为"互文"性的东西，然而那只是一种显而易见的修辞方式，再往深处走一点吧，我这样劝慰自己，走深一点，或许你所见即将不同，但同时也多了很多"焦虑"。看完马洛的戏剧，莎士比亚被激发了，他受着一种力量的指引进行创作，其作品也更富有创造力和深沉的思想，这对于美国作者的影响似乎隐匿了，美国人引以为豪的沃尔特·惠特曼是典型的具有美国精神的诗人。

电影的互文本性如同文学一样复杂，每个观众看到同一部影片时候的联想各异。电影相较于文学，其互文本性更多的是视觉联想，或者称之为"类型"因素的渗透。就像好莱坞已经"惯坏了"一大批电影观众一样，他们往往有着既定的"期待"，也在一些先锋导演的挑战下，屡屡受挫，但我喜欢观影时的受挫，至少不会吃完一桶爆米花还想吃下一桶。

唯杰作论在之后受到了诸多挑战，如在布拉格学派那里，如何能让一部作品超越时空，无论观众是谁都称得上杰作，这一点肯定被质疑了，从接受者的角度是站不住脚的。再后来出现的电影符号学,使得对于单一作品的内部审美性分析转向了对于诸多作品之间关系和结构的系统性探讨,似乎更受到学者们的青睐。但作者论和唯杰作论还是在一些有素质的电影观众心里占得一席之地。

电影是一些梦的源泉,仿佛春雨汩汩,浇灌快要干涸的种在心底的种子;也是皮扎尼克的诗,电影使得夜晚的形态是一声狼嚎。

  尤其是要无辜地望着。仿佛什么都没有发生,这是确实的。

  但是对于你,我想望着你,直到你的面孔远离我的恐惧,像一只鸟在夜的锋利边缘。

  像一堵很老的墙上用蔷薇色粉笔画的小女孩,突然被雨抹去。

  像一朵花,打开吐露它没有的心。

  像一只受伤的动物,倒在将要成为启示的地方。

  夜晚的形态是一声狼嚎。

  黄花布满一圈蓝色的土地。

  水流颤抖鼓满风。

        ——皮扎尼克:《镜之路》(节选)

我那未实现的电影节情结和已实现的电影院情节

"每一座电影院都有光,"就像《天堂电影院》里那束。

而电影节更像是这些光束的集合,是热爱电影的人们准备的聚会,只不过各展映和点映单元的电影代替人们成为主角,光芒太强。"节"容易营造起仪式感,仪式感便通向神圣。人类社会需要这些,人们热衷这种"神圣"。

众多热爱电影的影迷和影评人都向往各大电影节,我也向往。曾经有些许机会,我却也"自觉地"错过。这或许由于某种情怯:怕以自己目前的电影知识储备和对电影的热爱程度还不足以挤在那些人生阅历丰富、头发早已花白的资深电影人身后排队买票,怕以自身累积的电影情怀无法向大荧幕上真诚上演的电影和大师们致敬。所以往往是一边听说哪里有电影节,内心窃喜离我好近终于可以去了,一边欲说还休地停滞不前。这份矛盾的心情由深入浅,而那份热爱也随之走向最深。

在西雅图的时候,那年春天正好赶上一届"西雅图电影节",PLU[①]大学的教授发了邮件,有几部与中国相关的小众电影得以展映,我兴致勃勃地翻阅邮件,翻看宣传册,却在最需要迈出脚步的时候默默退回来。对我来说,更多时候,独自观影才是一种具有仪式感的体验。拉上窗帘，打开投影或电脑，把 DVD 放入卡槽，或用鼠标点下播放。每一部我选择观看的电影，我都不想错过片头，即使是些无聊的演职人员名单表，像小津的电影那样。这过程更像是一种情绪准备，以便正片开始时我能渐入佳境。我想去电影节，为的是看到很多影片的机会和遇到真正可以交流的影迷，怕的是那份热闹容易让热爱流于形式。

去世界各地体验当地的电影院，也成为我最近旅行时的一份爱好。内心狂喜且最有神性的，是那次在波士顿跟项目组同事席地而坐，在电影院最后一排看《华尔街之狼》。我们赶着时间没看上片头，但当跑进那个黑漆漆的屋子，一整面闪亮的银幕和满屏脏话的莱昂纳多[2]像是另一个世界的入口，而我们伸一伸手，就能够得到头顶那束神奇的光。另一次是在泰国清迈的一家电影院里，一整个厅里就悉数几个外国人，看的是《聚焦》。空气是凝重的，气氛也很严肃，因为主题过于沉重。还有一次是读研的时候，在北京海淀某家电影院，看陆川的《南京南京》，最后观众都起身鼓掌。电影院有一种聚积能量的魔力，在密闭狭窄的空间里，各种情绪都会被放大。走进它和走出它这两个动作，就可以隔开两个世界，就像自己为自己搭建了一个时空隧道。

前段时间就近看电影，那家电影院出口和入口是一个口，散了场的观众随时可以溜进旁边的厅再看一场。被男朋友拉着从一场黑暗窜去另一场黑暗，还有摸黑跑进来送 3D 眼镜的做兼职的学生，感觉像是在外太空遇到了熟人，好意外。

实现和未实现的，都是灰色地带开出的小花。情结就像藏在冰箱里的零食，饿了翻冰箱还是会有惊喜。

①PLU 大学是指位于美国西雅图塔珂玛镇的太平洋路德大学(Pacific Lutheran Vniversity)。

②莱昂纳多·迪卡普里奥(Leonardo Dicaprio)是《华尔街之狼》这部电影的主演。

| 吉光片羽

韶光易逝，春来发几枝？

　　春天，美国西北角的气候整体是宜人的，除非下雨。晴天的时候，早晨空气里凉凉的，但湿气足够，是一种惬意的早晚的凉。阳光在春季算是奢侈。出太阳的天气，你总能看见人们纷纷走出户外，躺在这还有丝丝凉意的草地上，享受阳光。他们穿上短裤短袖、裙子之类的夏装，在草地上铺块毯子，看书学习或有一搭没一搭的交谈，看起来就很舒服。这一地域的人们总之是渴望阳光的。因为一年之中雨水总是太过充沛，下得人有时候不得不绝望。

　　这时候的校园每天都悄悄发生着变化。小草小花趁着人们不注意，在墙角边、大树下、长椅边，偷偷生长。可能只是隔了一夜，第二天你望出去，总能看见些许变化。周末闲来无事，在快要傍晚的时候出门在校园里散步，远观近赏，眼底都是朵朵碎花。

　　有一种紫蓝色的风信子，细细碎碎的一簇簇，远处看起来像是一根茎上只结了一支，可凑近一看，发现一根茎上竟长着小小结构、细致得像灯笼的无数小花。再凑低了身子，从下往上看，它们一个个张着小口，像海底的珊瑚虫，变化万千。这种小花是向着地生长，好像麦穗。

　　还有分散的郁金香。我猜想校园的园丁随意在不同地方撒了几颗郁金香种子，于是每年春天它们就在一夜之间盛开。给人惊喜。郁金香的枝叶和花朵泾渭分明，颜色从不沾染，看上去干净清爽。让我想起荷花，钻出水底的淤泥，冲出水面，露水晶莹剔透，像精心打扮过的新娘。春天看郁金香，我担心起风，因为风的力量总是足够大，我也总是担心那几枝单薄的郁金香的茎支撑不住，在风里摇曳，不过结果总是空担心一场，它们足够顽强。当我凑近，看见西瓜红色的花瓣里包裹的花蕊黑得透亮，才明白它的坚强来自哪里。它有一颗独自承受黑暗的心。郁金香最好看的时候是花瓣紧闭，团结向上的那一段花期。花期一过，郁金香的花瓣就散了，四散开来，像被抽去了魂，那股坚厚的力量一夜之间就没了。

　　早一些的时候，开败过一批像兰花一样的小花。它们的花瓣呈白色、紫色和蓝色。相比而言，比郁金香花瓣薄很多，且不是合拢的，一般是分散开，风一吹，连花瓣也飘。我看过它们枯萎的样子，风吹雨打下，花瓣蔫了，渐渐脱落，落入泥土，几天后就不见了。但是我也记得雨天里，它们的茎冲破泥土冒出来，嫩嫩的绿，矮小的茎充满了力量，天不怕地不怕地只想生长。

　　比起这些小花，校园里的树木就安心多了。它们花期更长，盛开的时候招来更多目光。一树一树白色、粉色、黄色的花。并不孤独。不是一朵在风中绽放，而是一支队伍。像樱花，连开到正旺时的陨落都是成群结队，一同赴死的团结。樱花凋零的时候

197

比别的一树一树的花瓣更加纷繁。不像白玉兰，不像桃花、杏花，因此也更快变得光秃。雨天看樱花离枝飘落更是一番悲凉景象，不比晴日里，映衬着蓝天，如梭的游人，好像还是种供人参观的表演一样，总是热闹的。

还有一种小时候经常玩耍的花：马兰花。现在似乎很少见到。它抽出的扁宽的枝条很坚硬，条纹清晰，有规律地排列着。记忆里它总是伴着春暖花开的季节，我们从根部折下这些枝条，两三根一起，编织出各种花样，当戒指、项链和花环。这是在缺乏玩具，在户外玩耍的日子里我最喜爱的植物。它开出的花也格外漂亮，透明的紫色。

还有代表着校园文化的丁香。这种花总是和青春有关。每年丁香花开的时候，国内我所在的大学校园里总是四处弥漫着清香，加之春日温煦的暖阳一照，跟随季节减去厚重的衣物，走在明媚的校园里，顿时觉得身体思想都轻盈，是一种回归到青春年少不知愁滋味的欢畅岁月。

花香总是令人喜悦的，但并不是所有的花都香，也闻过一些味道奇怪的花。比如很浓的并不令人畅快的味道，不是臭，不是恶心，而是一种难以形容的呛人的浓烈。这种花总让我觉得它们不亦近人，想用此武装自己，喜欢独自默默活着。

母亲安心做家庭主妇以来喜欢养花。家里的阳台上摆满了大大小小的花盆。我回家后短住，她总是要求我去浇浇花，好像那些花草亦是家里一分子。母亲喜欢跟我唠叨她的花草们，一说起来就没个完，我总是在她拉家常一般轻轻絮叨的背景声中做着手头的事，有一种岁月静好的清闲。母亲的花草也渐渐变成了我家庭回忆的背景色。晴天时，站在阳台上，那些只在花盆里生长枯萎度过一生的花草映衬着蓝天，有时微风拂过，它们轻轻摇曳，抑或单薄的颤抖，都融化在亲切熟悉的家庭氛围里。大风天，母亲会记得给它们撑把伞，怕狂风暴雨把那些弱小的花草折断。近两年寒冬过去，临近春天，总会有鸽子一类的鸟儿在母亲的花盆里哺育下一代。它们一般会选择一个大一点的花盆，能够容纳两只鸽子打转，一只守家，一只出去寻找小树枝，衔回来搭窝。往往是一夜之间就发现花盆里多了两只鸽子蛋，于是它们进入孵蛋期。这期间如若下雨，母亲也总不忘给它们撑上一把伞。然后就是有一天，你突然听见小雀儿嗷嗷待哺，跑去一看，一阵迎接新生命的惊喜。我想母亲大概总能在这种新生命的哺育中联想到人类和她自己吧。所以她喜欢安静地观察，欣喜地讲述。

我读高中期间学业压力太大，总记得写作业时，写着写着就喜欢站起来眺望远处。印象中配着这种灰暗的心情看到远处屋顶上的干草像鲁迅笔下坟冢里的荒草，总感觉一阵压抑袭来，少年时候的愁滋味就被这几株小草放大了。它们没有枝叶，在恶劣的环境里生长，光秃秃一根，笔直地朝天空窜。风一吹，颤巍巍顽强不断。

浮生若梦，为欢几何？春天最易让人心生感慨，韶光易逝。近日逻辑阅读和感性体验多相交互，出门抬头看到的却已是一片春光。在这细密绵长的日子里，我们与自然之间存在碰撞与共鸣，不比酣畅淋漓的一场春雨带给人的欢乐满足少。曾经写过的花草,留在记忆韶光中,如今又生发了几枝?

写于二〇一四年春天
于美国华盛顿州·西雅图·PLU

骑在风上的烟圈

这是一篇非正式的书评,关于朱天心的《初夏荷花时期的爱情》①。

夏至在你的念叨声中就过了,白昼即将越来越短。猫咪越来越爱睡觉,不是躲在沙发背后就是钻进自己的小窝,任你怎么喊她都不理会。我用花朵把整个屋子都装饰起来,让它像座花园,抬头见得着花,低头也有。蔷薇、玫瑰、莲蓬、向日葵。干掉的花朵我不忍扔掉,就晾成干花挂起来,叶子也是。在这种自己营造的环境里,人们还是会分别。

你在太阳出来之前就离开了。7点多,你每天都喊着睡不醒,不想离开我,但每天依旧会离开,就像世间的离别都不情不愿。离别的意义就是为了让我每天傍晚都满心欢喜迎你回家。在你一进门就给你一个拥抱或一个吻,像任何一对恩爱小夫妻一样。

看朱天心的《初夏荷花时期的爱情》,总有一种不敢想象未来的畏惧。结婚30年之后的夫妻,把对方身体里的少年少女都杀死了,随之消逝的还有激情、热情和人人向往的初夏荷花时期的爱情——盛开满塘,蜻蜓独立,炎炎夏日,却睡觉时还紧紧相拥的浓烈。就像我们正在经历的阶段。

妻子翻出丈夫还是少年时写的日记，每天只准自己读一篇，怕读多了一下子就没有了，连回忆都变得拮据。年少时他才华横溢，写出的句子像抹了蜜一样甜，也不乏《少年维特的烦恼》里那样的烦恼。爱情和死亡成了少年情感和哲思的炼金石。一页一页翻过去，30年光阴就这样流逝，记忆里的轰轰烈烈都变得难能可贵，够她在世俗的饭桌前一遍遍回放。一转眼，此刻的丈夫却在沙发上打着呼噜，身材走形，不修边幅，有时连扣脚都不再遮掩。这哪里还是日记里情感饱满的翩翩少年。于是恍惚觉得，这明明是杀死了那个少年的凶手。你就永远地失去了那少年。留在纸上的这首诗却依旧唤醒你少女般怦怦跳的心：

> 当市场收歇，他们就在黄昏中踏上归途，
> 我坐在路边观看你驾驶的小船，
> 带着帆上的落日余晖横渡那黑水，
> 我看见你沉默的身影，站在舵边，
> 突然间我觉得你的眼神凝视着我；
> 我留下我的歌曲，呼喊你带我过渡。
>
> ——泰戈尔《横渡集》

向往一切一切，都像烟圈，骑在风上的烟圈。

祝你晚安，好姑娘。

妻子追逐日记里那位爱慕的少年，想方设法从身边这位中年大叔身上搜寻一点半点当年的影子，赶在丈夫公司的年轻姑娘发

出邀请前，把丈夫拖去旅行。她发现丈夫并不是对一切都没有兴趣，他的眼神照样无法从年轻姑娘身上移开。于是她真的伤心了，伤心他欲望的对象不再是她。她也不再是30年前情窦初开的婀娜少女。要接受这样的事实，或许真的需要一些勇气。旅行对于中年夫妻，也变得索然无味，尤其当妻子满怀期待，而丈夫在一旁毫不知情，跟在家里一样懒散。孩子，当然有，只是孩子长大，离开他们之后，他们生活的重心又重新变到彼此身上。这其实是一首爱情的挽歌。在追寻中重拾年轻时候爱情的意义。

朱天心比起姐姐朱天文，行文落笔有一种特有的犀利毒辣。她每每直戳中心，讲出事物的本质，虽然是带着丑陋、不堪或者无奈。她或许知道这样的本质有多么伤害那些理想主义的读者的心，于是在《日记》这篇的末尾，她写道：

你和我一样，不喜欢这个发展和结局？那，让我们回到《日记》处，"于是一对没打算离婚，只因彼此互为习惯（瘾，恶习之类），感情薄淡如隔夜冷茶……的婚姻男女"之处，探险另一种可能吧。

是有另一种可能性的吧，除去对初夏荷花时期的爱情的照搬，30年光阴一同度过的爱情也会有暮霭中那一点闪闪发光的耀眼，使你的人生得以亮起来。

曾经接受他，接受他进入你的世界，你的生命，你的身体，他所及之处，因此全变成玫瑰色，一种樱花盛开在阳光下会齐齐汇聚成的渺茫迷离的杏仁香气。

你的人生得以亮起来……

如今玫瑰色樱花香散去,他松开眠梦中也牢牢握住你脚踝的手,说自己自由了,也放你自由。你对着灰茫茫的广大天地不知所措,哪也不想去,你真想问他,那你当初干吗惹我?

终归就是不爱了。

"终归就是不爱了"是一切借口的归属。但故事的另一种可能性也许是:

终归他还是回来了。终归他发现他还爱着她,带着一种相守的执着。

① 朱天心:《初夏荷花时期的爱情》,上海人民出版社,2010 年。

长夜荒醉,但唱观音

  在这个悄悄到来的时代夹缝中,即使你并未特别留意,"变化"也能够觉察。日子变得有些缓慢,心情也有些松弛。不再有无数的场合要你表明态度、立场。你为过去居然没有留意冬日夜晚湖面冰层圻裂的巨大声响而惊讶,你开始闻到北京七八月间槐花满树的浓郁香味。你有了"闲适"的心境倾听朋友爱情挫折的叙述,不过还没准备好在这类事情上进行交流的语言。你经常有了突然出现的忧伤,心中也不时有了难明的空洞的感觉。
  ——洪子诚《阅读经验》

  好的描写可以超越时空限制,换作任何一个读者所处的环境和心境,这段文字多少都能引起一些共鸣。如果不是"北京"二字,提醒我这是有特定历史背景的一段心情,我当真以为兰州也是这样,近日来我的心境也大致如此走向。
  天空多阴郁,身体也不适。每年都有一段灰暗的与病毒抗争的日子。病情也像是年年都来拜访而熟络你的所有轨道,一侵入身体就显现出常有的症状:嗓子痛、咳嗽、流鼻涕或者发热。一般两种情况需要输液,一是发热,二是失声。今年是失声。以前我煎熬于输液时点滴的缓慢,一滴滴液体仅有半颗黄豆那么大,一滴滴流入你的血液,就完成了它的使命。而我总是在它的使命结束前急着离开那张熟悉的病床。急切,急迫,急不可耐。想要逃离这病痛带来的失常而回归平常。然而如今,我开始观察那一滴滴液体也如同观察秋天快要变黄的叶子,或是冬季飘零的第一片雪花。看着细长输液管里的一系列物理反应和零星冒出的泡泡,突然想问自己:是何时发生了这样的"变化"了呢?

是病痛带来的一份无奈且知足吧。无常也是好的,它让人有暇顾及平常里的"庸俗"和"惯常"。恍然大悟世事亦无常,虽然时不时感到忧伤,但也感激心中明了澄澈。十月中旬开始寒冷的北方最是难熬,暖气还没供应,屋外阴雨连绵,雨水打湿衣袖,一股寒意沁入脊背,任风吹起湿漉漉的发梢,眉眼间都渐生雾气,就差捧一杯热牛奶巧克力窝在被窝里开始冬眠。且等春归来。

两三年前的此种境遇,身边友人温暖自由的陪伴如今已成为我聊以慰藉的一杯热牛奶。她们在我并不怎么热闹的时候要求出现在身边并且陪伴一时,就能给我度过灰暗期所需的热力。终于在几次友人、闺蜜的陪伴下,我渐渐明白"陪伴"二字的含义。由此想来,我又错过了多少需要我的陪伴也就多一点温暖的亲人朋友。人就是这样多愁,悔恨也时时悄悄发生。她们给我当时最柔软的心上一点点体贴的萤火,怎能不记挂多年?然而这样的陪伴最是珍惜,一朝一暮,陪伴过后,总会离散。

在这样冷清的夜里,"无客尽日静,有风终夜凉",眼前无客,心里有风。此时,心里的风吹来的是《风柜来的人》。侯孝贤最擅长的岁与月。风柜的海风像要把一切都吹白吹跑,也包括少年的梦和无尽的未来。贾樟柯看了《风柜来的人》之后,曾写道:

> 坐在黑暗中看《风柜来的人》,起初我连"风柜"到底是一只柜子,还是一个地名都搞不清楚。但银幕上出现的台湾青年竟然长着跟我山西老家朋友一样的脸。他们扛着行李离乡背井去了高雄,一进城就被骗上烂尾楼看电影,这里没有电影也没有浪漫故事,透过宽银幕一样的窗户眺望高雄,等待他们的是未知的未来。

一进城就被骗上烂尾楼看电影,有时候我就是抱着这样的担忧背井离乡闯天涯的。鬼知道在你半夜凌晨到达某个小城市时,会不会有人骗你去洗头。然而,我还是到了,也没去洗头。

侯孝贤说:"你往前走,随着你的成长,越看越深,最后就是一个人"。我们别无选择,最后就是一个人。《星际穿越》里说:"Do not go gentle into that good night. Old age should burn and rave at close of day."。最孤独也无非如此,一个人飘零在浩瀚宇宙中带着一生的回忆。

回忆里的影像被封存,在多年的泥污里,到老能不能开出一支青莲?那些滋养的成分依然是不断积累的画面:《恋恋风尘》里阿远和阿云在火车站前的送别;《童年往事》里阿孝咕埋在夏日斑驳树影遮挡的草丛中的玻璃珠;《咖啡时光》里阳子蹲坐在东京地铁站里的孕吐,还有贾樟柯故事里的旧时光和 20 世纪 80 年代,还有《山河故人》。时间便是"寒塘渡鹤影,冷月葬花魂"。

长夜荒醉,但唱观音。

而我是多么喜欢，与一只猫的平淡厮守

趁着月色，我刚好俯视你，谁曾想你也瞪大眼睛仰视我。你眼球的晶状体表面浮过一层皎洁的光。无数个这样的时刻，我们对视。而我知道，我就是你的全部依靠。晚安，Desica。

我想写的，其实是一种细细渗出热气的暖。在这深秋寒意里。某天随手翻书，拿起黎戈的《各自爱》，她说香港作家西西写猫，觉得那竟是她见过的，最接近于爱的感觉了：

更多的时候，我们静坐不语，当我从书本上抬头，总看你或远或近，与我凝神相望。多么明亮的眼睛，充满善意和感情。我在想什么？你无法获悉，你在想什么，我也不会知道。世界多么辽阔，世事多么纷乱，而我们却在地球一隅，面对面，彼此无话，也无须说话，让时光静静流逝。

黎戈说：爱，不过是时光加静守。

我读完掩上书，看着三米开外的Desica，就是书里描写的感情，毫无二致。每天回家，我总会加快步伐，因为打开门的瞬间，总有它的身影和眼神守候你的到来，从不令人失望。它轻轻走上前站起来用前爪抓抓你的大腿，或许是发发小脾气：怎么才回来。而后转身忙自己的，或不忙，只在你的陪伴下享受孤独。

我们最初决定养一只猫，先生问我："你想好要为它负起一切责任了吗？一旦养了，就不能放弃。"我仔细想过后，带着一种近似朝圣的心情说："我想好了。为一个鲜活的生命，也为自己能承担的责任和能给予的爱。"去年10月份，Desica不过四个月大，还是一只小奶猫，它来到我们家。从一只笼子到一个小家的距离远比跨过那个栅栏艰难。它是，我们也是。

陪伴的质地总是平淡和长久，发生的小磕小碰因此变得格外珍贵。Desica 毕竟是一只猫，猫小姐，安静也只是一时。它上蹿下跳，好奇地用爪子推翻一切能推翻的小东西，也总爱在我们吃东西的时候来凑热闹。不耐烦的时候，我们都有呵斥和推搡，也在心里默默嫌弃了它一百遍。收掉桌上的易碎品，藏起台子上的危险品，养一只猫就像养一个孩子，某种程度上。我们观察它，它也观察我们。可每一次嫌弃之后，只需看一眼它温暖且好奇的眼睛，我就恢复信心要养下去。

我们这样对视，无数次，每一次，我都想：我是它全部的依靠。

今年四月，Desica第一次发情，先生提议给它绝育。最初我从主观角度出发，有些不忍，跟很多人一样，我以为这是剥夺了它的生育权。但这有些危言耸听的嫌疑和以人及猫的人本主义。从医学角度论证，绝育对Desica有利无害。最终我们带它去了动物医院。

从手术室出来的时候,它被剃了毛的腹部裹上了像网袜一样的绷带,瘦弱的身躯,麻药还未过,前爪还输着液体。从医生手中接过来,我觉得它比看起来要沉很多,那一次,我无法与它对视,但我依然想:我是它全部的依靠。直到它醒过来,惊慌失措试图站立,昏头跟跄再度跌倒,我终于再一次看到它微睁的眼睛,黄得像一块琥珀,凝固着一小时前的无忧无虑。

小奶猫四五个月的时候,我曾经因为 Desica 第一次呕吐不知所措,一边气它吐我床上,一边担心它会不会有事。今年春天第一次感冒,看它眼泪鼻涕一把抓,小身段无精打采,总把事态想得严重的我沮丧地对先生说:我不想养了,我不想看着它死掉。

但它最终还是顽强地、健康地融入了我们的生活。在我们工作生活的间隙,它一直在角落里默默注视和守望。每当深夜,我从电脑上移开视线,它总报以温暖无瑕的对视,像一个守护神。

今年夏天,七月初,蚊虫疯长,酷暑来临。Desica 却因为我们的疏忽从四楼掉下导致右前爪严重骨折,上排犬齿尖断裂,下巴被牙齿磕破。从七月到十月,它从未离开笼子和伊丽莎白圈。心情抑郁,眼神黯淡。但对于我们,它依然能给予一个陪伴的眼神,虽然不比健康时候聚精会神,但只要你看它,它也会坚定无畏地凝视你。"唯有凝视才能建立爱和信任。"

那个夜晚,就在它兴奋地抓蚊子忘乎所以的时候,我似乎感觉 something bad is gonna happen。我们冲下楼一遍又一遍地呼喊它的名字,期待着它的小身段能从某个黑暗的角落奔向我们,然而久久得不到回应。我失落自责,带着最后一丝希望想再见到它的时候,它弱弱地回应了我的呼唤,铆足力气"喵"了一声。在遭遇从四楼坠落的伤痛之后,它本能地藏在暗夜里的汽车轮胎和挡泥板之间。嘴角挂血,气若游丝,那双眼睛依然明亮,它哀伤地渴求救助,抑或只是一个臂弯。Desica探出头来,与我们对视,在那个漆黑的午夜,周围空无一人,唯有一轮明月和等待升起的太阳,或是不被发现就要独自面对的森林法则,流浪猫狗在黑暗里汹涌厮杀,何况它还受了伤。与每一次对视一样,我们是它唯一的依靠。这一次,它痛苦又有所求地凝望我们。

又一次,我绝望地躲开,把自己藏在房间最黑的角落里,哭泣。我以为它摔得内出血,要死了。像要面对真的死亡一般,心底生出密密麻麻的黑暗之花。思维停滞在彼时彼刻,不能思考,拒绝告别,但不能停止哭泣。

先生四处打电话求救,我在黑暗里独处了五分钟之后,擦干眼泪,上网寻找24小时宠物诊所电话。最终,我们带着Desica,开着车,在半夜零星的灯火里,从兰州市的西头跑到东头,为它打了止血针。第二天太阳照常升起,Desica也依旧活了下来,骨折而已。与前一晚相比,我庆幸还能再次迎接它凝视的温暖。

手术后,我们带它回家养伤。养伤的过程消磨了我许多耐心。这像是一个等式:我们的付出等于Desica与我们相望时眼神的温度。直到十月,这眼神愈加温暖,在这凉意愈发的深秋,暖意细细渗出。它明白我,有时候我想,虽然它只是一只猫。静守有时,我们各自不扰,平淡陪伴,我喂你吃喝,你独守寂寞,时常望着窗外不知想些什么,偶尔纵身跃起,不忘你的祖先是森林之王。病痛亦有时,我们相互慰藉,像寒夜里你卧在我脚上给我温暖,趴在我膝头任性眷恋。

"而我是多么喜欢,这样平淡的厮守。"有分寸,守距离,懂得爱护彼此孤独的,原来只是一只猫。

| 吉光片羽

夜里多难得

有孩子之后，他入睡后的夜对我来说就变得弥足珍贵，这意味着我可以有自我照料的自由时间，即使发呆，也是纯粹的自我时光。无论看电影、阅读、洗漱、码字，脚步都可以不急迫，慢慢来，像完成一场入夜仪式。

近几月写得很少，很多时候都在阅读。电影看得更少，能想起的就三四部，《燃烧》《塔利》《香草天空》和自己跑去电影院看的《江湖儿女》，还有用来娱乐的《毒液》。

但一直努力保持对电影的思考，用叙事模式和神话范式试图解构《毒液》，当然少不了对女主角在好莱坞电影中作用的反思，尤其在看过《江湖儿女》之后，追问女性和男性的江湖到底差异在哪；很多个不舍睡去的夜，刷过几遍《塔利》，因为太感同身受，以至每次都有哭的冲动，终于在刚刚过去的某夜，开始理性对待这部电影，在构思如何用拉康的"镜像"理论剖析 Tully 这个角色；以及在弗洛伊德释梦原理指导下，重看《香草天空》，沉浸在梦中梦以及美梦变噩梦的时间节点的寻找上难以自拔。

电影之所以迷人，是因为它并不是真相本身。它无限接近，却永远在打擦边球。如同柏拉图在洞穴理论中所指的"隔着三层

"真相"投射在洞穴墙壁上的光影,让臣服在它面前的原始人类愿意为这并非真相的"真相"饱受折磨。电影院的黑暗和音效像是一座人造洞穴,现代科技还原了人类早期刻在基因里的追逐影像背后的真实,宣泄或是抚慰,你的情绪总能在这座"洞穴"里得以发泄。法国电影理论家麦茨指出电影因为其故事性和叙事性,才成为一种新的语言。语言的本质在于交流,而电影交流的功效直指人心,比话语有效。语言是一种符号,电影的符号理论也来源于语言学理论。只不过电影的符号并非文字,而是"表情"(帕索里尼语),是"一部表情字典"。它的功能是要创造美,导演在众多影像符号里挑出它要表述的元素,组合成为叙事本体。

秋日夜幕降临,华灯初上,影像本身并不传达情绪,影像的连接和切换才会。这就是构图和调度。有时候,我们觉得一部电影像 PPT 播放,其实不是动静的问题,而是"翻页"的阻断感,是节奏和内在逻辑出了问题。

虚妄和自我欺骗,以及营造出的幸福感或许都是假的。当你用书本和咖啡试图在温室里激发一种悲悯时,那层玻璃就是必不可少的仪式道具。隔着玻璃看秋风扫落叶,看人群行色匆匆,看光线明灭,都毫不意外地滋生出隔岸观火的距离感。有时甚至是高高在上的全能视角,误以为自己是上帝。所以,在踏出咖啡馆的那一刻,秋风真实地吹在身上,我打了个激灵,才回到人世间。学习时的一系列理解、联想、记忆都转化为感受,只需要用身体去感觉自然就好,用通感描述这个世界,而非知识。

雪天的一杯花蝴蝶:用茉莉花、啤酒花、柑橘和焦糖的前中后味驱走唇齿间的冷气。看着落地即化的雪花，想象大地银装素裹的冬日美景，眼睛像取景框一样框定某个路人当主角，怎么突然间就被渡边博子取代了。当她仰起脸在漫天大雪里朝阴阳两隔的藤井树喊话，表达想念时，远隔千里的另一个藤井树似乎听见了她的表白。镜像理论在电影文本分析中的运用已经屡见不鲜，每当电影中出现镜子或照镜子的情节，或两个很像甚至一模一样的人物，或许我们都能扯上"镜像"。从《黑天鹅》到《蓝》(《红白蓝三部曲》)，从《香草天空》到《情书》。

按照拉康的镜像理论，再到学者们把它运用到电影符号的精神分析中，我们已经能够熟练地说出，镜像在某种程度上是一种"凝视"。凝视的过程是主体形成或重现的过程，"主体是自我形成过程中建构性的产物"。当出现自我怀疑或裂缝，通过凝视或用镜像投射出一个独立的"他者"，就能很有效地进行弥合和治愈。弗洛伊德说，镜像的前提是匮乏的出现，和对匮乏的想象性否认以及产生欲望。纳塔莉·波特曼在镜中看到了自己黑天鹅的一面，那是她从不曾表现的自我的匮乏，被压抑的另一个她，她甚至对镜中黑化的她产生欲望，被投射到莉莉身上；《蓝》中悲伤欲绝的茱莉对应着一个重获新生的茱莉，通过凝视，她从对绝对自由的奢望走出换来了相对自由；《香草天空》里大卫梦中梦、美梦到噩梦的转换都是通过镜子来实现的，面对镜中戴面具的不完美的自己，他惊吓而醒，那个理想中完美的自我永远缺席；《情书》中渡边博子用与她长相一样的女藤井树完成她从未抵达的过去，实现了与男藤井树的初识，弥补了缺失的他的那些生命历程。

电影理论的流派和实践枝繁叶茂，在后现代多元的语境中，怎么解读一部电影或许都有它的理由。当纷繁、转瞬即逝的影像和各种理论相结合并开出美好的再创作文本后，我们作为有自觉性的观众，才对得起两个小时里那些通过与我们凝视并在我们这里获得新生的主人公们，甚至影像们。

　　冬夜有电影为伴，不舍晚安。

| 吉光片羽

年末,听心里的时间说话

这话该怎么说呢?

记忆格外活跃,手底下却像枯萎的花。连手账的最后一页都赫然写着12月31日,一整本翻下来,之前的日期也未必都被填满,心里多少还是有些空落,早已想不起来那些被虚度的日子成为怎样的注脚,在一个又一个重复的年岁里,我们怎样区分重要与次要。

"回想起来,学校里再崎岖的路放到人生里都是平坦的,不知不觉地。"无论我走过笔直还是弯曲的路,几乎都在校园范围内一网打尽。走出去的路究竟也没多少,顶多就是换个校园走走。每日上下课,上下自习,到上下班,进出校门,连每条路的纹理都快要刻在脑海里。遇到再崎岖的路也知道如何曲径通幽,观赏路景。遇到烦透的情绪,在校门口就着一碗面一杯茶就能消化了。相对于外面世界的人生险恶,所遇到的崎岖都不值一提。

心里的时间就这样停在校园里。让一切都随着它的节奏在春夏秋冬有序发生。或许是生发于校园,那棵每天经过的樱花树下,也或许是枯萎在校园,拾捡起飘零满地的银杏叶,不舍的时候扎成捆,安置一角自我放逐。

31岁这一年说不出是长是短，好像不能被丈量。长是在一种等待的煎熬中稀释了时间的浓度，短也是稀释后的重复性增加了枯燥。在长长短短的心理时间里，默默走到了12月的尽头。自然而然想让人辞旧迎新，还带着一些渴望和愿景，在打磨耐心的生活里，还想活得更加有劲。

　　在应景的落雪天气里，我掉进沉沉的回忆之中。想起小时候对新年的期盼是等待一整年的最后的意义，有点孤注一掷的疯狂，那是种对生活的期待也会随着过年戛然而止一般的疯狂。现在都没了。在一尺多厚的雪地里打滚儿、追逐、打雪仗也无法在下一代身上实现了，说起来似乎有点悲伤。悲戚感是随着逐渐消失的冬雪一点一点发生的，衰落如同发芽一样，只是颠倒了顺序。如今对于阳历新年的期待已然胜过了农历春节。在被赋予了辞旧迎新仪式感的元旦假日里，我或许真的会做一点辞旧迎新的仪式，想一想能列出的年度榜单，并对来年做一番计划，找个方向对着神明拜一拜。

　　孕育生命的过程跟植物的生长周期很是相似。忽如一夜春风来，千树万树梨花开。不知不觉就承载了满树梨花的梨树或许也不如旁观者那样有着"突然"间的欣喜若狂。一切都静静地发生，像春雨过后抽出的嫩芽，已经肉眼可见。生命的悸动是你感受到它的真实性时想要涌出的泪水和欣喜。一阵胎动，或逐渐隆起的肚子。前者更强烈。

　　于我而言，这个过程并不是完全的正面情绪，生命的萌芽和生长对于另一个已经成熟的生命来说，往往还有磨合的艰辛和甜蜜的负担之隐射。偶尔泛起的悲伤我一开始都感到诧异，质疑自己何处来这样的情绪。后来在仔细体会之下，在一次迎着冬日雾霾天的夕阳，感受周遭萧瑟凛冽的天气之后，发觉内心居然想起的是忧郁的热带之草长莺飞和旺盛生命力，再对比此刻此景便感到怅然若失，强烈对比之后的情绪竟转化成悲伤"逆流"，而后对旺盛生命力产生无尽的向往。似乎也解释不清我对于肚子里这份生命的复杂爱意。非要说得清吗？也未必。总有一些说不清道不明的感受铺排在我们无常的生活里，而我们一厢情愿地试图找出一些意义。

我期待新生命的到来，像小时候期待春节一样，突然一下生发出许多新希望，像是生命里的一场酣畅淋漓的冬雪，我甘愿躺在雪地里尽情打滚儿，不知疲惫和寒冷，忘记时间和空间。

《三体》①I：婴儿和宇宙道德

> "生命可能是无法以自身的力量成功的圆满，而被创造出来。好比花，就算雌蕊与雄蕊聚集，也不足够。它需要昆虫与微风的造访，联系起雄蕊与雌蕊的关系。生命本质上，就包含重要的匮乏，并因为他人的存在而圆满。然而我们彼此，对于自身这份重要的匮乏，毫无察觉，也未曾被告知。"
>
> ——是枝裕和

所以我们仰望星空，渴望爱。

婴儿时代的孤独是成年后的我们无法体会的最初的人生况味。Ziggy出生后的三个月里，我时常抱着他看他睡熟后发呆。常常感叹人生的辛苦。他们茕茕独立于这世界，除了父母亲人，一无所有，是动物界里最羸弱的物种，不如一匹马，出生几秒就会站立，继而在残酷的大自然里，生存或者死亡。人类的婴儿最为"无能"，如果没有由社会关系缔造起的靠亲情道德联结的纽带帮扶着他们成长，他们在生命伊始或许毫无竞争力。他们哭，只能哭，我们有时无法完全了解其意图和情绪，于是好几次，我都看着他号啕大哭而束手无策。饥饿和疼痛是最为明显的表征，其余哭声的微妙还有待解码。也有些哭声唤醒我当母亲的天性，让我想取代他的痛苦。

或许在这之前，我对生命的讴歌像浮在空中的柳絮，轻飘飘不知所向，只一味高高在上。有了Ziggy之后，我看到生命的一点一滴都被融化在日常吃喝里，频繁地、不知疲倦地。他每天都在长大，与这万物生长的春末夏初节奏吻合。柳絮只有在淅淅沥沥的春雨里，才安心落入山川河流和土壤，俯首扎入泥土中学会孕育。我也在日复一日的照料中，不再如年少时对未来充满幻想，面对Ziggy，我少了执迷于幻想的狂妄，多了脚踏实地的关爱和感动。他将来会成为什么样的人这样的寄托，只能由他带领我找到答案，并非由我给他画出多美的蓝图。因为说到底，这一切都是我想怎样，而非他想怎样。孕期看"美国育儿协会、育儿百科"里写的，最为感动的一句话是：别忘了你要像尊重一个独立的人一样尊重他。即使他只是个婴儿。他一出生，他的社会性就在天然形成的社会关系里开始形成。所以，他带着婴儿期特有的小小的人格，朝这个不知道该怎样形容的世界前进了。

养孩子之余重看《三体》，在第二部开头，刘慈欣提到一个命题：宇宙社会学，并假设宇宙中存在的文明量级跟我们肉眼看到的繁星一样多。此时一边是熟睡的婴儿，一边是借以窥探宇宙的一扇窗，窗外正蓝天白云，烈日当空。我忽然心头飘过一丝感动，幻想着在这蓝天外的浩渺宇宙中，有多个文明存在的星球，届时地球已经与他们成为朋友或敌人，我们很容易就完成一次星际旅行,遥远的外太空布满了熟悉的归途,我们带着地球的文明基因重塑宇宙观……再回头看睡熟的婴儿,就像一间黑屋子里的亮光。

大部分人都会经历绝望,所以读到伊文斯植树造林却眼看着人类乱砍滥伐,他放弃阻止,这让叶文洁感同身受。若干年前她在大兴安岭的所见所闻,让我也陷入绝望。对于人类根深蒂固的弱点和黑暗性,这两个人都选择了放弃,转而寄希望于外星文明的介入。作为个体,在经历私人体验的绝望之后,往往有办法追求个人幸福的最大化,在狭义上走出绝望。但人类作为整体,这种绝望就是真的"绝望"了。我不知道每一个悲观主义者是否都在这部作品中获得共鸣,体会到作者悲天悯人的博大情怀。但我的确是那个拥趸。我希望我的孩子不仅能够从私人层面追求幸福,也能够有心系地球仰望宇宙的宏观意愿。

刘慈欣在第一部结尾的后记里提到了一个假设:宇宙间是否存在统一的道德?先生在我之前读完了《三体》,我们会不定时地按照我的进度进行讨论。当我对他提出以下问题的时候,他想了想作出这样的回答。

Q:道德是否是低等文明的特征,比如建立在道德基础上的法律,甚至人治,地球上的道德能拯救人类吗?宇宙文明的秩序或阶层也遵循弱肉强食吗?

A:(以下都来自先生)道德是为了人的共情心理服务

的，绝大多数的人需要共情心被满足，这会让人有一种平静的感受，这类感受一般被我们概括为问心无愧等。因为绝大多数人接收到同类被伤害的信息后会将对方的痛苦投射在自己身上，如果没有道德约束大多数人的行为，丛林法则主导人们的行为所造成的情况会严重伤害人类的共情心理，这种伤害带来的社会负面影响会更大。同时自相残杀造成的人口减少也不利于现代社会发展的需要。

道德似乎是一个群体被满足共情心理的底线，若是被触犯的利益足够大，那么这个群体或个体就会放弃这个底线的约束，这里指的利益的核心是对资源的占有和支配的数量，我们可以发现对冲突的评价大概分了如下几个等级：不道德、野蛮、泯灭人性、惨绝人寰，因为每个人的道德底线不一样，因自然环境和文化影响形成的道德观相似的个体构成的群体内部会产生共同的道德底线，不同的因素会对不同的底线造成差异很大的影响权重，所以道德存在阈值。

例如，一个王储遇刺可以引发半个星球的智人自相残杀，因为当时的社会环境是由极少数的贵族掌握绝大多数资源分配和利用的，自己的利益受到侵害或者企图占有更多资源的动机促使他们放弃道德约束制造冲突，面对同类支离破碎的肢体对共情心的伤害，他们更愿意选择资源的争夺。因为结果不太可能伤害自己的生存权。他们的道德阈值很容易被利益这个因素突破但是核武器的出现，并且衍生出核威慑的制衡机制后，这个道德阈值被大幅度放大，尽管核武器的使用权仍然掌握在极少数人的手中，但是一旦被使用后必然引起强大的杀伤力，核制衡被打破后自己的核心利益生存权极易受到侵害。那么，面对资源争夺可以小范围进行，温和地试探。

所以战争年代的道德底线就不如和平年代高，且道德仅存在于有社会性的人类当中，并具有居高临下的优越感，是强对弱，高对低的同理心。宇宙中的文明虽然具有社会性的可能性极大，但并非按照地球现有道德模式进行交互，且极不可能。他们的模式依然会遵循社会达尔文主义或叫作宇宙达尔文主义。就像三体人把地球人看作虫子，类比于地球人对待蝼蚁，道德在种间竞争的背景下毫无发挥的余地。三体文明对于微观世界的技术突破已经实现了降维和升维，这让人类望其项背。像叶文洁说到的宇宙文明遵循的两个原则：猜疑链和技术爆炸，这适用于国家关系的原则其实更适用于宇宙社会。

如果连科幻小说中的宇宙社会都存在于残酷和杀戮中，那么我们这颗孤独星球上的人类可以信赖的能是什么呢？可能唯有爱，值得追求。像《星际穿越》里布兰德（安妮·海瑟薇饰）说的那样："我们要明白，爱不是我们发明出来的东西，它一直存在，而且很强大，它是有意义的，也许意味着更多我们不能理解的某种证据，比如来自更高维度的文明，而且是我们目前无法感知的。我风尘仆仆穿越宇宙，寻找一个消失了十年的人，我也知道，他可能已经死了。爱，是一种力量，可以让我们能够超越时空的维度,来感知它的存在,也许我们应该相信它,尽管我们还不能真正理解它。"当库珀(马修·康纳利饰)进入黑洞之后,他与布兰德(安妮·海瑟薇饰)的惊鸿一瞥就是穿越时空最好的证据。除此之外,能让人类具有这种感知的就是爱。它抽象又具象,弥足珍贵却又无法定义,像宇宙。我们仰望夜空,总能找到一两点星,在黑暗中闪耀,这就够了。

①《三体》是刘慈欣创作的长篇科幻小说系列,由《三体》《三体2:黑暗森林》《三体3:死神永生》组成,创作年代从2006年到2010年。作品讲述了地球人类文明和三体文明的信息交流、生死搏杀及两个文明在宇宙中的兴衰历程。

《三体》II：大卫·鲍伊和外星生物

神秘的夜色微微发蓝，是一种灰蓝，有种外星生物即将降临的暗示。地球被笼罩在一片前所未有的无知和平静中，只有大卫·鲍伊在开一场关于 Ziggy Stardust 的演唱会。观众没几个，他依然盛装打扮，用油彩在脸上涂下标志性的闪电图案，华服垂地，肩膀耸立，目光穿透漆黑的夜空，等待来自外太空的乐队 Ziggy and his band，然后，他闭上眼睛开始唱：

  Woo yeah

  Ziggy played guitar

  Jamming good with Wierd and Gilly

  And the spiders from Mars

  He played it left hand

  Became the special man

  Then we were Ziggy's band

  Ziggy really sang

  Screwed up eyes and screwed down hairdo

  Like some cat from Japan……

唱完，一阵从地面掀起的风差点吹乱大卫·鲍伊的红发，此刻一束光从天而降，打在大卫身上，却不似镁光灯那般刺眼。飞船上并没有下来外星人，这束光只给大卫一句嘱托："You are ziggy stardust now. Go find love. The doomsday will come in five years."。从此大卫·鲍伊就以 Ziggy Stardust 这样一位外太空摇滚明星的身份出现在舞台上，也分不清谁是虚拟的外星生物。所以我也分不清身边这个小婴儿是不是来自外星，或许是半人马座三系吧。反正他也叫 Ziggy，不知道他认不认识三体人，将来会不会爱上吉他，会不会养一只来自火星的蜘蛛当宠物。

三体人的意识是透明的，他们无法撒谎，这让地球人找到了突破口，制定了面壁人计划。牺牲交流、封闭思想造成个人权利无限大。五个面壁人最终还是像一场游戏的棋子被一一撤去，只剩混世魔王一般的罗辑被拖到了第三部继续当主角。

失败主义者们是悲观厌世的大多数人类，像《忧郁症》那部电影一样。行星撞击地球之前一部分人类已经选择了自杀，更何况外星人真的要入侵地球了。思想钢印这样的设计是刘慈欣从人类历史的演变中学到的金科玉律，历史的黑暗终于能在科幻的土壤里启迪光明。在经历信念坍塌必须重建的痛苦过程中，思想钢印的确能缓解对于结果无能为力的苦苦挣扎。

刘慈欣笔下的人类自身存在很多问题，但比起外部的威胁，其内部的分崩瓦解、自相残杀才是毁灭的根源。就像很多科幻灾难题材的电影书籍，背景虽然是无垠的太空，但太空舱里的故事依旧没有逃脱办公室里的窠臼，比如《迷雾》。《三体 II》的科技公有制和逃跑主义都是人性的黑暗在作祟。即使有逃跑的机会,最终因为谁先跑谁后跑导致谁也没跑成,然而这样也才公平,"我跑不了,你也别想跑",大不了整个人类一起毁灭,这是刻在骨子里的平均主义大锅饭。

杨云苏说,靠音乐启蒙的人,对美有一种强烈的需求。我平日里放的那些或高雅,或通俗的音乐不知道会不会让这个虚拟外星小婴儿成为华丽的地球人,但我想,音乐穿越时空,以最接近光速的质地会带他进行一场弯曲时间的旅行,用尽一生。

多少人在世界各地唱着 Ziggy Stardust,从这首歌诞生的那一刻,Ziggy 就被赋予了世俗的生命,他选择降落人世间,就是对这个名字最大的热爱。

So I love you, baby Ziggy.

| 吉光片羽

我的"在路上"

1

作为高校教师，这样的职业让很多人羡慕，说得最多的就是寒暑假。于是我想，既然我有这样的大段时光可以到处走走看看，为什么不即刻启程呢？所以我打算在 2015 年寒假之前去个热带城市过冬。也是机缘巧合，在泰国清迈认识做生意的朋友，就查了攻略，订了机票。那住宿呢？前面提到的朋友就是做客栈生意的，所以这单基本全免。

有时候，人是乘着之前的光辉、踩着之前的铺垫，像惯性一样去做一些事。每件事其实并没有那么多道理和讲究。只是想去，就足够迈出第一步。在开影评公众号（锦红时）之前，我并没有意识到原来我的足迹已经听起来很酷了：登过珠峰大本营，爬过阿拉斯加冰川，在亚利桑那的大仙人掌下晒过太阳，去新墨西哥的白沙公园滑过沙，也穿着比基尼在夏威夷招摇过市，在纽约的雪夜独自数羊，光顾过新奥尔良的 tattoo 店。看过新疆的红叶，淋过腾冲的冬雨，可是在前一秒我或许还停在重庆吃老火锅。可即使这样，走过这些地方，我依然明白要回到一日三餐的日常生活里。不仅如此,随着时光流逝,我越来越明白——在路上——应该是生活的一种常态,出走不是逃避,不是妄想,是更好地回归和融入。时常在细碎的日常点滴中,发呆或做梦又回到曾经过往的路上,坐着长途大巴,一路阳光斑驳,不知道下一站要去向哪里,但心情就是莫名地充满希望。

Gloria Steinem 在她的新书 *My Life on the Road* 中写道:

> When people ask me why I still have hope and energy after all these years, I always say: "Because I travel." Taking to the road by which I mean letting the road take you changed who I thought I was. The road is messy in the way that real life is messy. It leads us out of denial and into reality, out of theory and into practice, out of caution and into action, out of statistics and into stories in short, out of our heads and into our hearts.

在路上的状态并不会像变魔术一样将原本生活中的 Messiness 全部变没,这种幻想不切实际。但我不可否认,它会改变那个原本爱抱怨和否定的你,也会重塑你想太多的无端纠结,转而用心感受周遭。一心沉浸在拘囿人心的枯燥日常里,心只会越变越小。你明知道世界这么大,为何还总是将自己变小,小到一个阴天都会让你不高兴。

我并没有刻意记录在路上听到的人生百态,人们喜欢诉说我就听听，不喜欢讲述也不去打扰。没有科研目的，不需要收集一手故事。理性有时候是旅行途中最大的障碍。

2

能引起我脑海中夏天意象的元素中，泰国算是一个。黄昏时候骑着租来的自行车穿梭在湿润的小巷间，累了就停下买一杯鲜榨果汁，坐在街边看月亮升起，看车灯亮起。这是记忆中最舒适的清迈黄昏。哦，当然还有蚊子。在这座古城里，寺庙散落在方正的老城区，晚风轻拂，庙宇间风铃清脆作响，白塔被夕阳拉长影子，一只猫在旁边打盹。这是一种持久的状态，我不想离开，不想打破，想这样生活一万年。

在美国的那一年里，我无数次想要摆脱资本主义发达国家的工业文明，想要挤在东南亚熙攘的菜市场，闻一闻鱼腥混杂芒果的奇妙味道。想要赤脚踏过滚烫的马路，随便在充满冷气的便利店吃个冰激凌。泰国的生活方式更容易让人释放，且不论健康与否，它热带气候搅动起的喜怒哀乐，都带有一种淋漓尽致的情绪。就像夜宵在街边吃一碗清迈粉，放很多白醋泡青辣椒，再配一瓶冰镇可乐，似乎才不辜负这肆意的夜，才能让自己睡个好觉。

全球化的表征在哪里都可见一斑，白人游客似乎更爱这座小城。不管东方佛教文化是否敞开心扉接纳了西方文化，总之后者开始进入，并茁壮成长。夜市上，庙宇间，随处都是精力充沛的欧美游客。英语普及率超高的泰国，应对白人游刃有余，当地人在行为习惯、生活方式甚至城市规划上都借鉴和照搬了诸多欧美风格。在文化的融合和碰撞中，我一度在想：究竟文化分三六九等，好的坏的吗？假设先进的文化对落后文化进行殖民，落后地区的经济、人民素质是否都能得以飞跃呢？在这种文化多元化的前提下，对于一个民族和国家的进步是不是一件好事？但同时，对于世界范围内不同文化的保护和传承是否有所阻碍呢？最后归结为一个问题：文化融合和多元与文化独立和同质化是否相互矛盾呢？

曼谷是典型的大都市，生活节奏明显加快，地铁线路四通八达，并不会引起游人们太多想要长住的愿望。不要太工业、太发达，这是我最近几年旅行目的地的选择原则。

沙美岛是一片世外桃源，沙滩、海浪、蓝天、白云，关于海岛，你想要的一切它都有。最好玩的是环岛小摩托，风驰电掣一般骑在无人的小路上，前方等待你的是夕阳余晖和几艘驳船，还有荒岛探险怦怦跳的心。

总之，我想念丛林穿梭时的索道俯瞰和大树速降，想念大象头顶那几根稀疏坚硬的头发，当然还有看起来像 24 小时打了鸡血的教练。期待下一次在路上，或许就是这个暑假。

越南记忆

出门次数一多,便再也不能像第一次远行时一样对未知旅途有些许期待和担忧。知道期待的未必会实现,而担忧的也最终会被解决。连续的奔波让我在这次出发前没机会调整心情,幸好路途遥远,有足够时间在飞机的每一次起落间做好准备。在一天喧嚣的闹市徒步之后,和着夜色,在并不怎么安静的午夜轻轻地写:写这热气升腾的忧郁,写这跳脱不出的平行生活,写这自己未能完成的心愿。

1. 西贡,再见

我依然喜欢叫这座城市的旧名:西贡。像被拍成电影的杜拉斯的小说《中国北方的情人》里轻轻呼唤的那一声 Saigon 一样,它神秘又多情。梁家辉的车开上轮渡,他着迷地看着即将成为他一生难忘的小情人,紧张得点烟时候都抖着手。湄公河上的他们如两列即将相撞的火车,再分开,早已体无完肤。"多年后,你会记得这个下午",他们或许记得很多个这样的下午。

攻略里为我们这些为追寻电影而来的旅客打了预防针,告诫不要抱多大希望。那些原有的电影场景早已不复存在,弥留在空气中的情节只能依稀从零碎的记忆里挖掘。

胡志明市是许多游客认识越南的窗口,但历史与文化相交融,使得这座城风情万种,许多游客离开了又回来,继续探索它的味道。范五老街区—边青市场—统一宫—圣母大教堂—中央邮局—市政厅—大剧院,走到这通常已经花去大半天的时间了,午餐可以选择在 Ngon 餐馆。如果想要继续感受胡志明市的历史和建筑,不妨径直朝着东南方的孙德胜街走去,电影《情人》中,那辆黑色轿车经过凉亭,驶过环岛的经典场景就在这里拍摄。这条街的背后是停靠着大小游船的西贡河。

如果你是个《情人》迷,为避免打击到你,建议绕行,因为电影中的凉亭早已拆除,丁字路口的拐角处也已搭起了新的脚手架,电影取景所在的高楼也被禁止入内。伤心完了该回去了,回程途中别错过了 Fanny 冰激凌和胡志明市美术馆。如果还有时间和精力,可以去金龙水上木偶剧院看一场水上表演,或是搭乘豪华游轮夜游西贡河。

如同这座城市一样,其魅力就在于你伤心归伤心,完了之后还是要学会如何享乐,不然这黏稠的爱恨怎么能被稀释呢。太耗费精力,太扰人耳目,十五岁的姑娘早早就有了一颗为爱而生的心。

这座城市的雨季催人泪下,躲在屋檐下想着寄人篱下的惨淡。雨水不停歇如同远方爱人哭泣的心。只能一边希望天气放晴一边沉浸在浓稠的思念里。平行世界如果真的存在，那一个我一定是心无旁骛、潇洒自如的真自我，并不希望留下无谓的痕迹。然而这个世界的我，也无法摆脱行走时身体沁出一层层汗珠，经历风尘仆仆，皮囊也难不变得臭烘烘。

早晨明媚的阳光在 30 摄氏度的高温天里化作傍晚的一阵太阳雨。我们裹在毫不透气的塑料雨衣里，穿街走巷，好像只有我们，惧怕这雨滴。不知道是怕什么，心里暗自希冀来一场热带大雨冲刷干净才好。

语言塑造思维，这是一种理论。越南语节奏明快，音节绵长。男人女人说起来都变得欢乐温柔。餐厅服务员的眼神里很少见到戾气，我喜欢什么都不说，相视而笑，你想点餐还是结账，她都知道。

西贡河在地图上弯曲流淌，站在岸边，让我想起新奥尔良的密西西比河支流。傍河而居，滋养一方。河面上漂浮的水葫芦命运也是 duck weed。

我在离开美国时许下的愿景已经依次实现。忘却发达工业国家的意识形态，试图钻进嘈杂的拥挤的臭臭的东南亚鱼市，已经变成过去三个寒暑假实践了的气味记忆。气味裹挟触觉，我跳脱出的生活轨迹，是否也将成为另一个平行世界里我的愿景。

西贡，再见！

2. 美奈，青春

Mui Ne（美奈）的名字跟它本身一样美。

从西贡开往美奈的大巴上，我心想离开的时候要晒出比基尼印。而就在此刻，我已经实现了这个愿望。就等晒红的伤褪色。

任何都会留下痕迹，在我们不堪一击的身体上。我们追寻着生的痕迹，让自己感觉 being alive 和青春活力。无论极端还是舒缓，代价就像你吃完饭必须付的账单。在西贡的城市绿地上，都有热爱日光的人努力抓住繁华深处的独寂。而美奈，成为喜爱安静的度假者心目中的天堂。

杜拉斯说："我才十五岁半，在那个国土上并没有四季之分，我们正处在那唯一的季节中，炎热而又单调，我们正处于地球上狭长的热带地区，没有春天，没有更新。"

我从四季分明的兰州来体验没有春天的越南。难以想象当地人一生都会不见雪花和黄叶，不能体会四季的更迭，和人们谈论天气的寓意。"没有更新"的季节犹如没有变化的生活，或许真的单调，炎热更是雪上加霜。

杜拉斯的小说给这座热的没什么内容的国家增添了韵味。让腾腾热气蒸发出厚重的水汽，终于能遮住烈日，降下一场甘露，滋润心灵。隔着轩窗，我仿佛看见她坐在书桌旁，望着雨帘，蘸着墨水开始写作，眼神里浮现出跟年龄不符的命运。

我们住在远离闹市的酒店里。夜晚只有海浪阵阵，海风习习。窗外偶尔鸟叫虫鸣。游泳池里只有几个欧洲孩子。洗了衣服就晾去门口，任风吹干。安静地停留几日，再次回归惯常，我怕是会丢失此刻的一部分自己。

清晨的海岸线还很朦胧。从夜色到天光大亮只需三秒，迈出三步，在凉凉的沙丘上，看太阳如何升起落下，完成一次生死仪式，学会迎接和告别。

去闹市的BOKE(露天自助餐厅名)吃一顿海鲜，带着满手龙虾的味道扭动小摩托的加速器，在暮色里驰骋。我有时惧怕老去和死亡，想在青春里不知不觉地过完一生。而杜拉斯，却早早就在18岁体会到衰老和无常。

我一生的历史是不存在的，的确不存在。从来就没有什么重点，没有道路，也没有线索。有些宽阔的地方会让人们以为那里必定有人存在，这不是真的，其实那里一个人也没有。我年轻时那一丁点儿故事我已经多少写过一些了，我想说的就是那段依稀可辨的历史，我所说的正是这个故事，也就是我那段过河的故事。不过我这里所写的既不相同又却一样。从前，我所说的是那些明亮的时光，那些被照亮的时刻。而这里我要说的是那同一青春里被隐藏的时光，我将通过某些事实，某些感情，某些事件把这段历史挖掘出来。(杜拉斯语)

被照亮和被隐藏的，同属一颗心。我们在不同时刻和场合，选择某一面，等到我们能够自如切换，能够把被隐藏的拿出来讲述的时候，我们就已感受到衰老。

致老去。因为我们有资格讲述和回忆。

3. 芽庄，爱情

唱尽旅途中所有五味杂陈情绪的，就是这首 *Let Her Go*①。三年前，我在旧金山独自旅行的时候，就是反复听着这首歌，试着擦拭心中早已打翻的五味瓶，让各自归位，最终治愈。在短暂的私人体验和情绪中，坐在暗处望向光明的时刻还少吗，那些早已风干在记忆中的眼泪，是谁为你擦干的呢，街区转角的邂逅，是不是也已成往事，化作一张旧照片了呢？

在漫长的个人历史中，我们假装平静的内心汹涌是一个个节点，分离出无数个自我在想象中过完一生。我期待在终点遇见这些"我"，最终能够相互理解并和解。人总是这样，在追悔中前行，不负重担。但这样你才能说你感受到生的痛和活的苦，知道心之所向。

"Only know you love her when you let her go."，半生闪回，定格瞬间，足以获得力量继续前进，因为过去有多美，未来也一定不会让你失望，心底常留一束光。"Say something, I am giving up on you, say something."②，爱情说到底是你跟自己较劲，较过劲才肯罢手，无论结果好坏。我曾经也走在千里之外的路上，因思念和不甘流着有所求的泪。然而，这一切最终却只被写在歌里，只占据生命的一秒光阴。偶尔听起，闭眼就是故人。生活却是睁眼看的世界。

我们都曾羡慕白发苍苍的一双背影，也都甘愿在热恋中变成尘埃。爱情，是在去往美奈的卧铺大巴上，小伙让姑娘枕在自己的手掌上，而姑娘的铺位距离他有一只胳膊那么远。五个小时不舍得拿下来一秒。爱情，也是年轻夫妇在泳池里帮助两三岁戴着手臂泳圈的儿子学游泳时对望的眼神。是芽庄某个餐厅里，一对50多岁的基督教夫妇晚祷后妻子帮丈夫用餐巾纸铺好餐具，沉默地用完餐牵手离开。是泥浴 spa 时，相互搀扶怕滑倒的老年夫妇。是拥抱的温度，是离别的思念，是相顾无言你就懂我。

柔情似水，佳期如梦。

在芽庄浮潜时，脸埋进光彩斑斓的海面，7~10米深处簇簇珊瑚礁被热带鱼环绕，常常惊叹到忘记摆动脚蹼。探索一个陌生巨大的新世界就像对一个人一见钟情时的悸动。然而时常又会陷入格格不入的担忧中。像海底的尼莫，近在眼前却无法触及。教练耐心地辅导我如何在游泳水平有限的情况下专注于海底世界，我尽力摆动脚蹼，一边把耳朵埋进海里与陆地隔绝，只听见自己通过潜水管的呼吸声。这样才看得见一个完整的世界。我之后开始期待夜潜，想看看黑暗里被发光体点缀的另一个宇宙，到底有多深邃。

芽庄的爱情是一对对恋人眼中的柔情蜜意。如同海湾里的波澜，一荡又一荡，随同海风轻轻拍打这个城市。

最近也断断续续读起了毛姆的《面纱》③。女人很多时候都爱自以为是，以为轰轰烈烈的激情就能征服一切，视而不见摆在眼前真实的爱，直到失去，最终遗憾终身。《米德尔马契》④里的多萝西自以为她喜欢的必定是适合她的，然而也错把表象当真相对待。

芽庄，爱情才露尖尖角。

4. 岘港，阴天

到岘港的路途像沙漠里的海市蜃楼一样遥远艰难。我们入夜上车，7点就开始奔波在路上。从芽庄去岘港的大巴只有这一趟，每天7点发车，第二天早上6点到会安，之后8点半再转车从会安去岘港。越南专为游客开设的新咖啡（The Sinh Tourist）旅游公司包揽了几乎所有外国游客的国内交通需求。

半夜在睡梦中被大雨吵醒，看不清窗外，只听见雨滴砸在车顶。因为是上铺，所以格外大声。继而听着雨声又入眠。清晨的会安还未苏醒，街上是陆续出摊的早餐店。雨后的清新和凉爽沁人心脾，唤醒一夜的舟车劳顿。阴天，但是明朗。

会安到岘港不到一小时。原本想看的世界上"最美的海滩"美溪海滩也难挡阴天的"青睐"，性格有些乖戾。花了几块钱坐在躺椅上，看阴天里的浪和雾，像看着一个孩子调皮捣蛋。世上

241

的阴天总也相似：乌云认真聚集起来，说再惹我就哭给你看。波特兰的阴天和《迷幻公园》⑤里的野草，是曾经脑海中挥之不去的阴天意象。岘港的龙形大桥跨过江面，城市被一分为二。这条黄龙不时喷火，一团黑烟消散在空中。出租车司机兴奋地指向天空，然而我们想的是环保问题。

每个人都有阴天，旅途也并非畅通无阻。在 booking 上订的西贡的酒店因为信用卡问题一路都在跟房东 Jessi 交涉，想尽各种办法给她支付，也是因为我一大早离开没有叫醒她当面支付。离开西贡时被出租车司机莫名嫌弃却只因为我们没有零钱。芽庄的夜市里卖水果的大婶几乎就要强买强卖。租个摩托却找不到加油站，一路担心没油了难道要推回去？还有一来热带就无故招蚊子的我，都快买齐了东南亚各个国家的驱蚊膏。但这些最后都会雨过天晴，晴日无须气馁，留着坏心情给阴天好了。毕竟一年有365天那么长。所以大部分时候人们都看似快乐。

阴天的磅礴在海滨城市最能体现。对于心情也是，就像20世纪80年代的录像厅，门一关灯一关，坐在黑暗中谁还管你流泪还是大笑。于是你对着一世阴天，只管回忆心里的烈日当头。毛姆在《月亮和六便士》⑥里说的孤独很多时候都能够把急着摆脱孤独的我们拉回来。

> 我们每个人生在世界上都是孤独的。每个人都被囚禁在一座铁塔里，只能靠一些符号同别人传达自己的思想；而这些符号并没有共同的价值，因此它们的意义是

模糊的、不确定的。我们非常可怜地想把自己心中的财富传送给别人,但是他们却没有接受这些财富的能力。因此我们只能孤独地行走,尽管身体相互依傍却并不在一起,既不了解别的人也不能为别人所了解。

很久以来,我们都试图在别处寻找生活,并在某种程度上实现了这一愿望。你是否都有惧怕呢?如果有,是你把生活落在了别处,自己变成了一具空壳。起飞时的雀跃,并不该换来降落时的失落,就如同阴天里的欢乐,也不能让晴日虚置。

5. 河内,注视

河内是一朵昙花,在我们有限的时间里开得好灿烂。越南的最后一晚在候机、延误和迷路中度过。最终当我们坐在酒店大厅喝着果汁的时候,周围的河内夜生活早已化作一颗醒脑丸,唤醒我们尚未衰老的心。

酒吧、餐厅和夜市,像潮水一样淹没了铺展开来的小巷。因为纬度靠北,人们都开始加衣。最温暖人心的是来自酒店的接待人员。这是此行最热情的一家私人酒店,工作人员滔滔不绝我们快要招架不住。虽然是一家私人小酒店,且隐没在巷子深处,但他们做到了态度至上。

河内的周末将夜市闹区解放出来,禁止车辆通行,让市民和游客们享受这片最具生活气息的地段。你会看到玩乐队的年轻弄潮儿、玩轮滑的少年、三五成群的中学生和还在父母怀中闹着要买棉花糖的小孩。游客的融入显得自然平稳。

东南亚国家虽然整体落后,但其国际化多元融合却进展得很好,包括多语言环境。在越南妇女博物馆里,大部分参观者都是欧美游客,且以女性居多。女权主义的种子早已从欧洲大陆吹到了亚洲,虽然平权之路还漫长,但意识的觉醒已如星星之火,可以燎原。

列维·斯特劳斯说:"旅行是空间,时间和社会阶层结构的转变。不过空间本身就有三个坐标,所以如果想完整描述任何旅行经验,必须要同时使用五个坐标。追求异国情调,结果只是在追求一个他早已熟悉的发展形态的不同阶段而已。"现代旅行者就像是一个古董爱好者,由于材料有限,不得不放弃他所收藏的其他艺术,在他到处旅行时到各地的跳蚤市场去讨价还价,购买那些有点古怪的粗制滥造的东西。学习对一个城镇、一个地区或一个文化这么匆匆一瞥是很有力的训练观察力的方法,因为停留的时间很短暂便不得不尽力集中精神,为时极为短暂的观察有时候甚至可以使人捕捉到一些特质,是在其他的情况下,即使经过很长的时间也无法看到的,但一般人觉得其他的现象更为迷人。

列维·斯特劳斯把旅行的描述拓展到五维,多了社会阶层结构的转变。我连续断点式地对东南亚的短暂观察最终汇集的经验的确让我捕捉到一些特质,让我在每次的一瞥中能够更加集中精力,感官也锐化,也让我每一次"出走"都更从容。

遗忘把记忆一波波地带走，并不只是将之腐蚀，也不只是将之变成空无。遗忘把残剩的片段记忆创造出种种繁复的结构，使我能达到较稳定的平衡，使我能看到较清晰的模式。一种秩序取代另一种秩序。在两个秩序的悬崖之间，保存了我与被注视的对象之间的距离，时间这个大破坏者开始工作，形成一堆堆的残物废料。"每一个人，身上都拖带着一个世界，由他所见过、爱过的一切所组成的世界，即使他看起来是在另外一个不同的世界里旅行、生活，他仍然不停地回到他身上所拖带着的那个世界去。"

每一次回忆越南，就是我不断回归自我和强化自我的证据，是我不停回到我身上所拖带着的那个世界去，是用一种新鲜的秩序取代老旧秩序的过程，是保持注视与被注视对象之间距离的某种手段。"去闻一闻一朵水仙花的深处所散发出来的味道，其香味所隐藏的学问比我们所有书本全部加起来还多。"

① *Let Her Go* 是英国 Passenger 乐队的一首歌，其音乐以英伦风为主，夹杂电子和民谣风格，略带悲伤。

② *Say Something* 是美国纽约 A Great Big World 乐队的歌。

③《面纱》是英国作家威廉·萨默塞特·毛姆创作的一部长篇小说，出版于1925年。

④《米德尔马契》是英国作家乔治·艾略特创作的长篇小说，首次出版于1872年。

⑤《迷幻公园》(*Paranoid Park*)是格斯·范·桑特于2007年执导的电影。

⑥《月亮和六便士》是英国小说家威廉·萨默塞特·毛姆创作的长篇小说，成书于1919年。

| 吉光片羽

阿拉斯加独行者

在离开阿拉斯加首府安克雷奇之后,她才惊觉,这片土地最让她动容的是那双陌生人的眼睛。

她对这天早上心怀期待,她期待独自一人的徒步之旅。早上,在青旅里醒来,四人间的高低铺已经空了两个,是两个独自旅行的美国姑娘,她们于前一天结识并约好第二天去离这不远的冰川。她用一种近乎神圣的心情洗漱打扮,听着公共洗漱室里流水的哗哗声,望着镜子里的自己,她难掩心中的喜悦。那是她一直以来期待的自己的样子:独自上路,去一个遥远陌生的地方,与每一双陌生的眼睛对视,与每一片陌生的风景相望。这时,她实现了,或者说,她马上要实现了。

她一直想要感受自己,强烈地、集中地只感受一人时的自己,然后,忘掉自己,让自己处于一种完全无我的状态,但在熟悉的生活里很难做到。于是,她从西雅图飞到了阿拉斯加首府安克雷奇,半夜两点下飞机后,看见安克雷奇刚刚夜幕降临的粉蓝色天空,她深深地吸了口气,然后吐出口气,好像要把自己的呼吸镶嵌在可能出现极光的天空中,用来铭记这一刻。她出机场约到了出租车,这个背着大包的独身女孩,把行李扔进后备箱的那一刻,她突然有点害怕了。开车的是个年轻小伙子,有点嬉皮士的味道,眼神和言语都有着玩世不恭的随意。他并没有太多话,不像对亚洲人感兴趣的美国人那样,热心、好奇地同你聊天,可能他只是困倦了。但她是想同他聊天的,那是她第一次踏上这片有极光的遥远天边的土地,她兴奋极了,刚有的一丝害怕、担忧随着车内的安静和车外朦胧的夜景逐渐隐退,她心中反倒升腾起一份浪漫。到达她预订的青年旅馆时,墙外那大大的英文名字让她的心安定下来。

原本明亮的夜已经黯淡下来,现在是凌晨1点。她推开青旅的木门,小心翼翼地走进去,院子里朦胧月色下是一丛丛野草,她仿佛能嗅到泥土混杂草根的味道,还有木栅栏下潮湿苔藓的清新。打开门进入前厅,脱掉鞋子,背包继续爬了一段木楼梯,来到二楼 check-in(办理入住),还在等她的女房东热情但有意压低声调地欢迎了她,核对预定信息后,她被领到那个四人间。其他人都已经睡着了,酣睡的呼吸声衬托着越发寂寥的夜。她轻轻放下背包,开始整理、洗漱,准备躺下。那晚,她雀跃的心情难以平复,她瞪着眼睛望着黑魆魆的窗外,似乎有树影摇动。她不禁起身来到窗前,竟然看到后院有人搭了帐篷,也有人真的睡在里面。阿拉斯加真是一片户外爱好者的天堂啊,她默默感叹。在断断续续的毫不恋旧的思绪中,她睡着了。

她梦见之前的一次旅行。那是在来美国半年后,在北半球还是寒冬的时候,她离开路易斯安那州风声呼啸的新奥尔良,飞往热带的夏威夷。夏威夷自此之后就像一个热带的梦——潮湿、模糊、躁动、欲望。她梦见海风推着海浪拍打沙滩的凌晨,她抱着青旅里的被子赤脚走到沙滩上,热带岛屿的热浪终于被夜晚的凉爽逼退,她不禁裹着被子坐在沙滩上。远处的天空与海连成一片,渐渐浮现出朝霞般的橘色,还有几片蓝黑色的云,被海面反射的月光照得泛白。突然,离她很近的海面上跃出一片鲸鱼的尾巴,拍打海水,又隐没在海里。她胸中涌出一阵神秘的感动,似乎她看到了生活全部的真相。夏威夷白天的喧嚣和热浪此刻都冷静了。风中的椰子树和被太阳暴晒过的柏油马路也都陷入繁华过后的落寞。梦里,她热爱那一刻,她在其中寻到宁静,她不愿醒来。

　　清晨,一丝凉意袭来,与梦完全相反。她发呆坐在床上。上铺已经起床的姑娘问她:"You got here last night?",她才回到现实中。青旅中的人们疏离而有礼貌,彼此都保持着适度的好奇。几句寒暄过后,四人间里的姑娘们都出门了。她洗漱之后来到厨房吃早餐。青旅中大家共享厨房,主人会提供一定的食材,供旅客们自己做。她选了吐司、黄油和咖啡,坐在窗户一角,依旧望着昨晚有人搭帐篷的后院,缓缓吃着早餐。出发前,她正好爱上阅读吉本芭娜娜的《厨房》。此刻对应这个小小的阿拉斯加一个角落的厨房,身在异国他乡的她才对书中描写的内容有了共鸣,蜷缩在厨房一角冰箱下的那个"她"也可能就是此刻在桌角吃着早餐的她啊,她们都有着无限回忆和温暖局促的一个角落。

　　吃完早餐,她整理好背包准备一个人去探索这座城市。出门的那一刻,一个美国女孩推门进来,她们相互对视,她发现她有着她此生见过的最深邃的目光，就像一口深不见底的井，她望着她的眼睛，无法移开目光，却又担心心底的秘密都被窥见，整个人暴露在对方面前。她慌乱地打了招呼，寒暄了几句便离开了。心中一阵悸动，那一双眼睛啊。比起其他人的眼睛，那是一双布满宇宙玄机的眼睛，浅色的眼球上像是长着一片亚马逊丛林最深处无限纷乱却又透着规律的绿色。如果只是注视着眼睛，她甚至看到了一双隐秘在丛林深处花豹的眼睛，那种对视，有几人能承受得了？

这是一片尽头。刚开始她还能遇见几个晨跑或遛狗的当地人，他们都友好而疏远，朝她微笑，打招呼，但也保持距离，匆匆擦肩。在一片广袤的低层建筑群里，出现了一个城市公园，空旷、寂寥。这本身就是一片寂寥的土地，比起美国本土那些人多的大都市，这里简直算得上不毛之地。她沿着柏油路越走越远，来到一条路的尽头，抬眼望去，眼前竟然是一片氤氲着湿气和冷气的滩涂，远处似乎连接着大海，灰蒙蒙一片。她驻足，脚下再无去处，心里却高低起伏蔓延到远方。

她突然想起自己在校园里清冷的日子。不是有意躲避，但她除了上课，很多时间都自己待着。教室里的喧闹、走廊里的闲聊，还有宿舍楼大厅里的嬉戏，她都无法融入。很多时候，她试着将自己丢在人群中，办活动、去社交，但获得的喜悦最终都输给了关上门那一瞬间的安静所带来的满足。就像此刻，她将自己丢在一片荒原上，抛弃了都市和人群，她毫不留恋。

她望着远方，出神了。从道路侧面，她走向那片滩涂。那是一片黑色的荒原。跟夏威夷岛上黑色的火山喷发后留下的荒原比起来，这里更像是真实的人生。热带岛屿的黑色火山地表在她脚下发烫，她穿着花裙子，热烈地奔跑，以为那是凤凰涅槃后的生命的热烈，也不过是半年前。此刻，在腥湿的海风吹拂下，她想躺在滩涂上好好睡一觉。只是这么想想。

站了很久，她才掏出手机看了下地图，决定接下来要走的方向。她原计划要绕安克雷奇市中心一周，从城里回到青旅。重新走回有人的城镇花了她不少时间。看到游客中心后，她熟悉地拿了几份地图和旅游宣传的小册子，然后边走边望着街边橱窗外大大小小的北极熊和棕熊，还有阿拉斯加常见的鹿。比起西雅图，这座城市像是未经现代文明浸染的人类某个临时歇脚点。她还看到了美国到处都有的连锁商场，水泥森严包裹的建筑风格让她不敢踏进半步。走饿了，她在路边找了一家咖啡馆休息了一小时。在这期间，她突然想去看极光。

极光像是上帝对人类的一种美妙期许，让我们以为那是世界上最美丽的事物。也因为难得一见，所以神秘莫测。她查了天气，知道这并不是观测极光的季节。但她发现了另一个可以看的地方——极光影院（auro cinema）。电影被置换成了极光纪录片，她身处一片黑暗中，在极光的明灭变幻中想起自己走过的路。那些灿烂的、恐惧的、黑暗的、被埋深处的路——浮现在银幕上。总之，她还有期待的。纪录片是关于一个摄影师如何追逐极光，坚守十年，在极寒的北极圈内安营扎寨，像是所有追逐飓风、追逐龙卷风的孤注一掷的人一样，热爱让他们眼里发光，帮他们驱散寒意。她想她懂得这种热爱。

从极光影院出来，又是冷清的安克雷奇市区。突然她又有一丝遗憾，明明身处极圈范围，可因为来错了季节，也就这样错过了真正的极光。她不是一个真正追逐极光的人。走在极光影院所在的市区广场，她一步步踩过水泥砖块，余光范围内似乎一下子回到了她所生活过的小城，不知道她离开的这一年，那里的水泥地面是否长出几丛杂草。

安克雷奇是座孤独的"他者"城市，适合喜爱孤零零独自生活的人们。在人员稀少的广袤旷野，独自住一幢房子，几个星期见不到几个人。早晨起床，呼着冷气，去草甸上巡逻一圈。远处是风云变幻的雪山山巅，那是世界的形态。

她从极光影院返回青旅，拖着疲惫的步子，倒在床上睡着了。醒来后，天已经全黑。她甚至分不清这里的日和夜，梦里不知身是客，以为这就是自己的床。厨房和公共空间还有几个身影，攀谈、试探、保持距离。她起身，顿觉腿脚酸痛，来厨房倒了杯咖啡，又一次在月光漆漆的厨房一角，看地板上的树影摇曳，那温柔的、冷漠的摇曳啊，仿佛把她带离了人间世界。青旅老板突然走过来，坐到她旁边，跟她说起"打扫房间换取住宿"（work exchange）的项目，建议她能够积极参与。她听罢，毫不犹豫地答应了，第二天轮到她打扫。

打扫房间对于她来说已经轻车熟路，只是配发的吸尘器太重了，她要拖着它整栋楼地去打扫，简直是项体力活。不过这项任务让她有机会进入每一间屋子，经历了三小时的劳动之后，她认识了更多的住客。Sarah 就是其中之一，她来自 Arizona，之前从事婚礼摄影的工作，是个摄影师。她来阿拉斯加后租了一辆复古吉普车，里外都是木质色的，看起来很酷。在西雅图附近的 Tacoma 大学里，很多女孩就喜欢开小皮卡。Sarah 愉悦地邀请她第二天去离青旅很远的一个冰川：Matanuska Glacier，据说这是北美大陆上最大的冰川。最高部分的冰川是蓝色的，但那种蓝并不直接，它外层覆盖了一层已经快要冰化的雪，看起来那蓝色若隐若现、玲珑剔透。在毫无人迹的大地上，冰川兀自矗立，与天地呢喃，或沉默不语，像一位隐世的君子。她和 Sarah 行走于冰川之间，反倒不觉得冷，走得微微出汗了，竟然在冰川沟壑之间的平地上发现了一个野餐桌。她们毫不犹豫地来了场冰川野餐，吃的也不过是些能量棒、巧克力之类的零食。日光逐渐变强，巨大的白色冰川反射出刺眼的光芒，她们有些睁不开眼。如果能在有生之年去到另外的星球，或许就是这种感觉吧。那种耀眼的白仿佛能净化一切污浊，带走所有。她突然又想起那双深不见底的眼睛，好像也会将这片纯白吸收进去，埋藏在眼睛最深处。

　　阿拉斯加在人们眼中是"野性"的代表。它遗世独立，是一片世外桃源。或许也是因为这些，她决定将自己放逐在这片大地之上。但只在今天，在这片冰川之上，她才有了深切的感受。她和 Sarah 在冰川之间野餐之后，又在冰川上散了步。虽叫冰川，但它们并不滑，它们有着积雪融化一半的孔隙，所以很好攀爬，脚底从不打滑。她对于未被了解的地貌环境很感兴趣，探索这片地球上的每一个角落几乎让她有种兴奋的狂热。所以本来就出汗了的她，因着心情越发热了起来。她想一直走一直走，用脚丈量这片神奇的冰川之地。那片冰川后来成为她记忆中珍藏的宝藏，好几次在深夜里她梦回阿拉斯加，又一次行走在冰川之间，凝视那些晶莹的蓝。

那天天快黑了，她跟 Sarah 才回到青旅。她躺在床上休息了很久，尽可能让那几个小时延续它的治愈作用。回来途中，她们还顺路带了一位搭车客，她背着超大登山包，包外面还挂了长耳朵兔子，她一路搭车，快要走遍美国了。很久以前，她也期待成为一位背包客，全世界流浪，但现在看来，这像是一个遥远而悠长的梦。永远在做，但永远实现不了。

在 Anchorage 的最后两天，她一直跟 Sarah 一起。她们探索了一片神奇的地貌，那是一边连着大海，一边连着树林。穿越树林，走过滩涂，竟然就看到了一片广阔大海的地貌景观。与几天前的温度相比，这里仿佛还是夏天。少女们穿着背心、裙子，在沙滩上跑着，Sarah 也心血来潮，踩了野花编成花环，戴在头上。她金发飘飘，轻快地跳着，像一只小鹿。

就在这明媚的阳光地带，她倚靠着一棵长在海边的树，朦朦胧胧睡了过去。梦里，竟然是如《迷雾》中弥漫着雾色的荒凉小路，四周一片荒原，这条路在尽头开始转弯，她们开着这辆复古吉普，刹车失灵了，她们惊恐地撞向一只麋鹿，车子失控地冲向那片荒原，变成一只躺倒在血泊中的麋鹿。她睁开眼睛，手不由地抓住什么，缓缓拿起来一看，是一片树干上长出的蘑菇，在阳光的照射下闪闪发光。她又一次想到了那双眼睛，在她不经意间，就击穿了她的灵魂，仿佛这场梦。

  一天后，她跟 Sarah 告别，搭上飞往西雅图的飞机，永远离开了 Anchorage，离开了阿拉斯加和梦中的荒原。但她在心里永远装下了那双眼睛和那片冰川。

夏威夷的阴天

夏威夷对于她来说，就像加西亚·马尔克斯《百年孤独》里炎热夏日午后的小镇，散发着神秘、迷人的热气，蒸腾着人世间所有的欲望和慵懒，不过，并不是干燥的，而是充满了湿气，弥漫着海风的腥味。所以那是一个更加复杂的地方。

她关于夏日的记忆除了来自童年小镇上移动的白云飘浮在蓝蓝的天空中，她在铺满沙粒的路上摔破了膝盖之外，就是长大后来到夏威夷度过的几天悠闲惬意的海岛夏日。时隔很久，她依然记得夕阳照在她光滑的肌肤上，她逆光走在海滩上，穿着比基尼，脚尖戏弄着沙粒。随着渐渐西沉的落日余晖，她变成一张只有轮廓的剪影嵌在天边。海岸边隐秘的椰子树下，有一双美国年轻军人的眼睛默默盯着她。而这后来的记忆已经更像她的梦，湮灭在被海浪拍打的沙滩上。一夜之间，这个海滩上发生的一切都随着那些脚印一起消失得无影无踪。

波光粼粼的海面上偶尔飞来几只海鸟，那些嬉戏冲浪的当地孩子与水有着天生亲密的感情。她看得出神，跟身边一起来的姑娘说："They are so happy."。她也默默看着，然后从包里拿出一块浴巾铺在沙滩上，喊她一起坐下。她们的头发被海风吹拂，将之前沾在头发上的沙粒一起吹走，一丝凉爽袭面而来。只几秒钟的工夫，豆大的雨滴噼里啪啦落下来。她们连忙拿起多余的衣服顶在头上。看着那些水里的少年争先恐后跑回岸边，咧着嘴笑得那么欢乐。身边的姑娘叫什么名字，她已经忘了。她们在青旅里遇到，然后她说她想远离闹市和人满为患的黄金海岸。她找到了离火奴鲁鲁几公里远的一个幽静海滩，问她要不要一起去。她毫不犹豫地答应了。她们查到公交路线，坐上大巴，一路看着沿海公路旁的美景，来到了这里。

这片绿油油的世外桃源没有几个游客。忽而下起的暴雨呼啸而过，沙滩湿漉漉的，踩上去不再松软舒适。她们准备起身，装好浴巾，找个地方吃饭。此时，那些欢乐的少年中，有一个走过来。他嗫嚅着，一反刚才在海水中嬉闹的阳光灿烂，"Do you wantto come to our home and have dinner together?"。她们很惊喜地点点头。原来他是因为害羞才吞吞吐吐，不敢看她们。她们没有多想，问他："Ok, but where is your house?"。他转过身，指了指不远处。那边隐隐约约有几排房子，被茂密的热带植物遮掩。旁边是一个小型游乐场。

天空早已放晴。刚才还有几只阵雨之后残留的云朵，现在已经晴空万里。碧蓝的大海又一次轻轻拍打海岸，沙滩上的当地人和孩子们又多了起来。穿过蜿蜒的马路，她们跟随少年来到了他的家。他黝黑的皮肤和闪亮的眼睛让她脑海中忽地想起一个人，那记忆就闪了一下，又暗下去了。进屋后，少年和家里人很热情地欢迎他们。

这是间简陋的屋子，快跟她们在市中心住的青旅一样了。不过屋外的景色宜人，被绿色环绕，爬上屋子侧面的楼梯直抵屋顶，便可以眺望到海。这里只不过是夏威夷隐秘的一角罢了。

落座之后，少年和他的妈妈跟她们寒暄。正说着，从其他房间走过来另一个少年。她看向他，惊讶极了。她终于想起来，为什么刚才那个少年这么眼熟。原来眼前这位她邂逅过的少年是他的哥哥。市中心那片繁华沙滩上美国军人默默注视的眼睛就是这双眼睛。她几乎有点尴尬地想要离开。但她的朋友并不知情，她也无法告诉她。少年的哥哥也加入了他们，一起吃饭。

You know why my brother asked you two to come and have a dinner?

No, why?

That's because I asked him to do so.

Did you stock me?

What? Of course no!

那片海滩的落日太美了，那一刻的酒精也太美了，以至于她脑海中闪现了一些碎片，依稀有个人脸浮现，便是眼前这位夏威夷士兵稚嫩的脸。

仿佛是昨天，她被人群包围。从飞机落地那一刻起，她就感受到夏威夷的热情。无论是否有当地向导带领游客穿着草裙跳舞，她都坚定地记得，草裙舞、夏威夷土著居民，还有热烈的夏日阳光。她还是喜欢漫无目的地走，穿过闹市、走过荒原，沿着无尽的海岸线，跟着一群陌生人在傍晚出海，寻找蓝鲸。那是一艘不大的当地人的船，船上的装置显然更适合游客在上面举行派对。那个傍晚，来自不同国家的陌生人乘坐同一艘船从Wakiki Beach出海了。她跟几个美国小姑娘一起趴在船头的网上，快速掠过海面，她紧张地呼吸着，不时跟她们交换笑容。偶尔，网下那片魑魅的深蓝海水让她想起麦尔维尔的《白鲸》，一种神秘感涌上心头。船尾有人站着眺望远处，尽管远处依然很远。她们手里拿着啤酒瓶，用忧郁的眼神凝视着快要被海水淹没的夕阳，任由橘色的阳光铺满海面和人们的脸庞。她在那一刻深深爱上了夏威夷，那是一种跟她原生地截然不同的环境体验，一切都那么新鲜。

  天渐渐暗下去，船主人吆喝着打道回府，在船掉转头的那一刻，她也不确定自己是否看到了鲸鱼，只是水下似乎影影绰绰地埋藏了什么。离开大海，于她而言，就是离开了那种生命中危机四伏的不确定性。当她重新坐在餐厅里，吃着海鲜大餐的时候，那种不确定性又被抛之脑后了。她只身一人坐在餐厅里，认真吃着龙虾。就在此刻，她看到了那个年轻的美国军人明亮的眼睛。而他，已经坐在她的面前。

  她有点不知所措，隐约感觉一丝荷尔蒙的危险。年轻人说："You are pretty and young."。她说："I am not, but thank you though."。她也不知道自己在否定的是漂亮还是年轻。总之，他们在寒暄中吃完了那顿饭。最后，她买了单。年轻的美国士兵正在休假中，他是夏威夷人，他的家就是后来她去过的那座隐秘在绿植中的简陋房子。他混迹在游客人群中，便发现了她。他一直跟着她，不愿离开。当他们第二天在海滩边再次相遇时，她几乎是逃跑的。

那天傍晚的夕阳太美了，他坐在沙滩上看着她远在天边的剪影，再一次不愿离开。到晚上十点，火奴鲁鲁的热闹氛围丝毫没有减弱，他问她住哪，她含糊其词地说一家很远的酒店。他竟然执意要送她回去，并试探性地问她能否跟她一起回去。她有点慌乱，从未在旅途中遇到这样的处境。她习惯性地将对方想成坏人，并不自觉地散发出紧张的情绪。美国士兵仿佛看出来了，便不再紧逼，跟她道别并看着她在夜色中落荒而逃。

第二天，她买了夏威夷岛内直飞的航班，去了另一座岛：大岛。因为那里有夏威夷最著名的火山公园。火山喷发后焦黑的广袤无际的平原，让这座岛的地貌与众不同。她独自一人走在游客稀少的荒原中，却并不害怕。荒凉公路上的裂缝提醒她这里曾经发生过剧烈的火山喷发，一切生命被毁于瞬间，继而一切生命又在这荒芜中重生。她希望人们都来看看置之死地而后生的壮烈。她在过去的岁月中未曾害怕过，直到刚才也不曾害怕。直到她的双脚踏上这片黑色礁岩的中心，她四周空旷无人，她离土地还很遥远，而脚下细密的裂缝让她有种坠落感。似乎大地要再次裂开吞噬了她。于是，她奔跑起来，不回头地冲向大地的另一边，冲向黄色的土地。那是她作为地球人类对于土地的确定的安全感。当再次脚踏实地，站在黑色火山岩形成的巨大盆地旁俯瞰这片地球的创伤时，她终于明白了，她一次次出走的原因。她明白自己有着苦行僧般对于来自肉体苦痛的强烈地燃烧着的渴望。

人烟稀少的大岛变成夏日的一次救赎之旅。当她再一次轻盈地望着蓝天尽头漂浮的白云和微风中像铁丝一样盘起来的植物时，她敢于跨过地上的裂缝、奔跑过黑色的荒原、穿过古老的溶洞，将自己放逐在遥远的大自然中，让那一刻于她，具有史诗般的意义。

离开大岛的飞机上，一位怀孕的乘务员大着肚子进行播报。飞机飞越夏威夷群岛，在绿色海洋的蛊惑下，她留恋地认真地看着每一寸海域。回到火奴鲁鲁的第二天，她跟整个岛屿说了再见。很多年后，当局促、复古的夏威夷机场候机大厅出现在美剧 *The White Lotus* 第一集开头时，她会心地笑了，"That's it, that's the same old Hawaii Airport."，她对自己说。

电影短评

那一口红丝绒蛋糕的滋味

● 《一个叫欧维的男人决定去死》 汉内斯·赫尔姆 （瑞典）

像欧维这样到老之后性格乖张为人刻薄的角色并不鲜见，但这部瑞典电影却给出了最具有说服力的原因；像这种用一部两小时的影像处理完一个人漫长的七八十年也不少见，但欧维的人生却真的让人唏嘘感慨。导演 Hannes Holm 营造的斯堪的纳维亚半岛上用以融化寒冷的哭中带笑的泪点真的有足够温暖，但同时也带着浓浓宿命的味道,像一盘不怎么完美的冷盘,献给那些饥饿的观众。个中滋味,冷暖自知。这是一部靠"气氛"取胜的电影。

● 《小姐》 朴赞郁 （韩国）

根据 BBC 先前改编自名著《指匠情挑》的二次创作，将文化和时代背景移植至旧时朝鲜，在韩日文化之间自由切换。也不乏吸引眼球的关键词：悬疑、同性、犯罪、复仇等。演员新人、旧人一起上阵，河正宇力道老练，金泰梨年轻气盛。但，在我看来，它既不比《指匠情挑》，也不如《老男孩》，只是镜头的美学风格比以往浓墨重彩，得以让剧情更加符合艺术品应有的跳跃和抽象。三段式视角转换略显烦冗，在对剧情失去兴趣之后，能看的也只剩摄影、配乐和服饰，人物形象的建设依旧太晦涩。

● 《完美陌生人》 保罗·格诺维瑟 （意大利）

出于巧合在人生即将迈入婚姻门槛之际，看了几部探讨婚姻的电影。不幸的是，全部都很悲观。这部《完美陌生人》被誉为婚姻版《彗星来的那一夜》，通过话痨式对话表现人物性格，很成功，是现实主义手法，结尾利用月全食玩了一把模棱两可的反转，真假亦可。探讨的是婚姻的本质即人性的本质：人生来孤独，每人内心都藏着秘密。这部电影的导火索是象征着现代性的手机，也正是秘密的藏身之处。最后，一个有趣的问题：揭穿秘密真的好吗？相安无事有什么错？婚姻需要给双方腾出一点真空地带，即使交集已达到99%。这是因为你们根本无法100%相互取代，也无法100%彼此认同。因此，有效尊重很有必要。

● 《旅行终点》 詹姆斯·庞索特 （美国）

美国文学史上大部头巨著《无尽的玩笑》作者David Foster Wallace的传记电影。叙述者采用《滚石》杂志记者的视角，引出一段他们彼此的交流互动和情绪暗流，也是一部靠"氛围"取胜的电影。对话密集而富有哲理，因为我们的主角毕竟不是普通人。某种程度上是一部超级烧脑的话痨大片。对话的设计几乎说尽了天赋异禀的人如何"高处不胜寒"，以及普通人和天才都有的社交烦恼和生活迷思。关于自我与他者，孤独与合群，名利和内心，科技与原真。

P.S."如果说上帝被逐出了世界，逐出了人生公共的一面，那么人们曾努力至少在个人的、内在的领域保留上帝。而且，既然每个人都有一个私人领地，人们就会认为人在这个领域是最脆弱的，只有贴身用人才知道的秘密，从祈祷到性生活，都成了现代精神病医生的狩猎场地。"

● **《比海更深》 是枝裕和 （日本）**

当年迈独居的母亲听着收音机里邓丽君那首日文版《比海更深》（汉语版《别离的预感》），有感而发地对儿子说："我啊，都这把岁数了，却从来也不会爱一个人会比海更深。普通人都不会有啦，可大家都还是每天快活地过日子。不，就是因为没有才能活下去，而且还那么地开心。人生这东西，还是很简单的。"是枝裕和的电影里，每个成年人都没有活成他们想要的样子，但一场台风过后，多少还是跟以前变得不一样，这就是进步。台风把所有人都逼入一室，让每个人直面自己的失败和伤痛，最后雨过天晴，问题一样也没有得到解决，生活却可以重新开始。

● **《塔卢拉》 夏安·海德 （美国）**

警察说：所以，你对幼儿进行保护性绑架上瘾了吗？她没有回答，想了几秒，笑了。保护性，算是对她间接绑架行为的肯定。如果这世上有一类人天生会做母亲，而另一类不会做，是不是应该把孩子从那些不合格父母的身边夺走？答案当然是否定的。然而失去才能让他们醒悟和珍惜。电影显然在做一次大胆的假设。结局也令人满意。

● 《二重生活》 岸善幸 （日本）

　　为完成一篇哲学存在主义（关于感受存在时间和体验）的硕士论文而选择跟踪一个固定对象，听起来是一件多么英勇的学术牺牲行为。每个人都有你看到之外的另一种生活，试图揭露或打破平衡，往往以悲剧收场。在几乎没有存在感的人生里，你是怎样找寻你的存在感的呢？就像最后女主得出的结论："无理由的跟踪，就是站在他人的位置和立场上，设想自己就是那个人，了解他的人生、热情、意志，这大概就是证明每个人都是不可替代的个体的唯一方式吧。"然而我却得出了不同的结论：无理由的跟踪是抹杀当下自我存在感体验的最佳方式。

● 《风之信》 向井宗敏 （日本）

　　纯治愈系的清新倒像是年轻人为这个世界带来的动力，尤其是年轻人心态并不怎么积极向前的时候，需要倒置的鼓舞。做任何事情都没有非要怎样，随意放弃，随遇而安，这大概是现代性下一类年轻人的状态。哪怕一个微不足道的理由，只要你能变得学会坚持，结尾就能算作有意义。

● 《革命之路》 萨姆·门德斯 （美国）

　　困在婚姻里梦想不但没有消逝，还越来越热烈的女性该怎样与自我言和呢？过程必定是艰难痛苦的，安于现状，你就要说服自己放弃梦想；不甘平凡，你就要与身边最爱的人为敌，甚至与全世界为敌。"尝试改变"这一伪命题并没有答案，可能更好，也可能更糟。所以根本没有正确的选择，像最近的台剧《茶靡》里探讨的人生计划 Plan A 和 Plan B，都输了，也都赢了。如果说关键是你知道自己要什么的话，那每位女性必须富有极强大的自我和极高的智慧，然而要让人设在经历寥寥的情况下就具备这一切几乎是荒谬的，有意识地带着问题和困惑进行自我探寻就值得让人欣慰。女性主义在影视作品中的流行程度已经普遍到让人察觉不到的程度，女性导演的视角，男性导演试图诠释女性心理和行为的尝试，在现代影像里已遍地开花。

● 《双峰镇：与火同行》 大卫·林奇 （美国）

我最恐怖的观影体验来自大卫·林奇的电影，然而我又一次栽在他的镜头里。最近重登电视荧幕的美剧《双峰镇》唤起很多影迷的恋旧情结，翻出1992年这部电影再看。大卫·林奇1992年就把梦境魔幻哥特和意识流玩得游刃有余，功力已然深厚。艳丽的色彩和流转深邃的双眸给每一帧画面都蒙上神秘感。那些人性中的黑暗和恶瘤被幻化为人间地狱一般的魑魅魍魉，谁人又逃得掉。看似一起谋杀，实则是无形的人性作祟。欲望、执念、命运，杂糅成为一起悲剧，然而当你想在隐喻的堆砌中寻找蛛丝马迹的"自以为明了"时，也只能换来结尾字幕映衬中的泪流满面。

● 《青木瓜之味》 陈英雄 （越南）

越南电影除了那部大名鼎鼎的《情人》，还有这部法裔导演陈英雄的处女作《青木瓜之味》，荣获 1994 年第 66 届奥斯卡金像奖最佳外语片提名。任由弥漫热带的黏稠多情游走在主人公梅的周遭，借由她一双眼睛观察包裹着人事的"自然"：青木瓜里饱满的籽，滴下的乳汁，粘住的蚂蚁，雕漆木窗和花瓶里的青蛙。陈英雄的镜头是西方观察东方的审慎和敏感。几乎没有的对白，无时不有的配乐，串联的是梅在自然万物的滋润下逐渐蓬勃的情感和情欲，以及主人一家的命运变迁。借着这双眼睛，有些看得很近，真切晕染，比如茂盛，比如浓烈；有些却看得模糊，旁观者清，比如死亡，比如逃避。有远有近，这才凸显了一个立体的味觉和视觉。

● 《八月》 张大磊 （中国）

"80 后"做起导演有一股怀旧热潮。类似的有《黑处有什么》。因为体制大背景和改革潮流，内地"80 后"导演，尤其北方导演多少都有着相似的童年经历。用黑白影像还原看似乏味的童年记忆。他们不煽情、不设置冲突，像时光本身一样记录时光。有时候却又显得过于散。初看觉得小男孩羸弱无力（所以脖子上时刻挂着双节棍，梦想当李小龙），细想之下他的力量源自沉默敏锐的全景式观察，像《沈从文自传》里童年时对一切现象的着迷练就了他对待这个世界和生命的方式。《八月》里父亲那份"不愿低下高贵的头颅"的坚持，才是打动我的地方。

● 《生吃》 朱莉娅·杜可诺 （法国）

我承认是这部电影的噱头吸引我去看的。在各大电影节斩获好评一片不说，仅就电影院里吐了多少、晕倒几个的报道就足够吸引观众一探究竟。但整个观影过程充满了质疑和不适，某些影评也有些牵强附会的意味。妹妹 Justin 从十几年的素食主义一朝转变为食肉（人）嗜血的"恶魔"，转变机制是青春期的裂变和情欲的萌芽，当然最本质原因是基因遗传（遗传自母亲）。吃生肉和 wild sex 跟着一起来，这种从弱变强的巨大转变太过生猛，是完全不压抑的后果。但这部电影除了感官刺激之外，有意思的地方在于妹妹和姐姐各自的选择：一个在被巨大欲望冲击后臣服于欲望，继续食肉（人），一个挣扎着在与生俱来的欲望里冲出一条血路走向人的社会属性：爱/克制/内疚/悔恨等。最后父亲抛给 Justin 和观众一个问题：她们这类人该如何与自身携带的兽性基因和解？看着父亲残破的嘴唇和伤痕累累的胸膛，女主似乎明白了出路在哪里。

● 《圣鹿之死》 欧格斯·兰斯莫斯 （爱尔兰）

欧格斯·兰斯莫斯在 2017 年交出的这部作品，似乎有着比《龙虾》更为残酷可怖的隐喻性，格局也逐渐回归家庭。如果说他更早的作品《狗牙》是对封闭的家庭内部父权专制的极端讽喻的话，那《圣鹿之死》可以说是对"复仇"二字的另类解读：以牙还牙或许已然不够。究竟谁是那只鹿？这是看完电影之后人人都会自问的问题。套用希腊神话的文本解读，阿伽门农因自己的过错而将女儿伊菲戈涅亚献祭给狩猎女王，女儿在深明大义的情况下英勇赴死却感动了女王，在斧子落下的一瞬被一只鹿顶替，其母和弟目睹了这一切。剧中人物对应神话中的人物，只是结局改变了：替父死去的并非女儿，而是儿子鲍勃。且在令人恐惧的轮盘式转圈开枪的"游戏"中，经过三次，儿子最终被射杀。欧格斯·兰斯莫斯并无心探讨复仇少年的"超能力"，以及其预言的现实意义，他的预言就那样神奇地发生了，按照他的描述，一字不差。欧格斯将笔墨放在复仇的世俗表现带来的人物心理和关系的动态变化上。父母亲如何崩溃并走向疏离，女儿如何在失控的恋爱关系里执迷，儿子，这个看似最无害无辜的角色，如何可怜地死去。一方面，看似父权决定着一家人的命运，是权力中心和实施者；另一方面，父亲所承担的痛苦和抉择，甚至一次失误带来的负疚，是别人无法比拟的。毫无疑问，他将一直生活于这一切带来的极端苦难中且无法摆脱。因此，与《狗牙》相比，这一部对于父权和复仇的反思要更进一步，较于漫长痛苦留给生者的不死之路，死亡或许是最容易的一种方式。另外，配乐和台词的去情绪化都是这部惊悚片的点睛之处。

● 《母亲！》 达伦·阿伦诺夫斯基 （美国）

今年的达伦·阿伦诺夫斯基执导的《母亲！》比起之前的《梦之安魂曲》和《黑天鹅》，其折磨人的观影体验有过之而无不及。《母亲！》的后半段几乎让人有种不忍直视的煎熬，其政治隐喻的层层叠加也到了难以忍受的地步。但为了把这个故事说完整，其疯狂失控的结尾貌似也无可取代。除了大量詹妮弗·劳伦斯的特写和近景,逐渐增多的访客和结尾处类似圣徒朝拜般的人海和暴乱,是这部电影留给我的两大视觉印象。不过,詹妮弗·劳伦斯对情绪的掌控的确到位。哈维尔·巴登,那个曾经在《老无所依》里的冷酷杀手,也不愧影帝的称号,不让人出戏。

● 《肉与灵》 伊尔蒂科·茵叶蒂 (匈牙利)

临近年底的几部电影都巧合地跟鹿有关。匈牙利的这部《肉与灵》画面和故事的温柔质感,十之八九会让人在冬日午后沉沉睡去。不过,这部跟梦境有关的电影,或许睡去才能与其诗意怪诞的想象力相吻合。男女主人公在未曾见过对方前,就已经在梦里相遇了。在梦里,他们化作两头鹿,一雌一雄,隔着一条冰冻之河发现了彼此,并逐渐靠近,然后一起觅食。而在现实里,这两个人都有不同程度的人格障碍,但他们却开始慢慢走近。每晚,他们进入同一梦境,在冰天雪地里相互依靠。这个故事的结构之所以新颖,是因为它打破了先肉体后灵魂的恋爱关系的西方主流,而改成了先灵魂后寻觅肉体的超现实爱情蓝图。

● 《地久天长》 王小帅 (中国)

的确,王小帅也让我流泪了。不过,虽然这么说很不厚道,但王小帅的善很刻意。如果他想把中国历史上集体记忆的殇和个人历史的痛拿出来反复咀嚼,嚼着那些陈谷子烂芝麻,最后吐出来的其实跟大多数中国当代导演都一样,那的确让我为自己的审美疲劳找到了借口。他们雄心壮志、野心勃勃，用175分钟反映至少20年的光阴，在历史时间的轴线上蜻蜓点水，一会是刮了胡子干净的脸，一会又是贴上褶子的灰头土脸；一会刚刚怀孕，一会又变奶奶；最后是原谅一切，原谅自己，原谅他人，被自己感动、被别人感动，所有的人都很好，很善良，恶意来自无意识和虚无，个人的伤痛都是时代和政策的错，每个人都是时代洪流里的一颗螺丝，只能参与其中，不能有自我意识。反思仅仅停留在疲软的内疚自责中，悔恨只是对着墙猛砸几拳，带着一脸悲惨选择一个没人认识的地方假装坚强地继续生活。时间感就是那个尘封记忆的筒子楼里桌子上落下的灰，再加几句主角的感慨。所以自从《芳华》开始，我对于这种叙事策略和镜头语言已然再无代入的能力。我的观影情绪亦如同这条时间轴上的坐标点，无法进入。但不得不说，《地久天长》除了人物塑造的无力而有失真嫌疑之外，对时代和环境的"再造"已经很真了。

● 《过春天》 白雪 （中国）

佩佩至少值得同情，因为她只是个16岁的高中生，还无法选择自己的命运，所以她也无力，然而这种无力却很有力，像她在深夜的马路上看到单亲母亲当小三的卑微后，对命运大喊："都给我滚！"白雪蛰伏十年后，用一本三万字的采访稿编创出这部处女作，让"佩佩"们这些特殊的角色浮现在人们视野里。他们晚上在深圳，白天去香港上学，借着熟练过海关的日常，最后演变成"过了春天说一声"的水货市场的运载器。成长的痛加之一个特殊的生存状况,就是那条生活在鱼缸里的鲨鱼,总有一天还是要回归大海,就像谁也无法阻止"佩佩"们长大成熟。最后,"过春天"这个题目起得真好。

● 《祈祷落幕时》 福泽克雅 (日本)

　　隧道里父女二人生死相别那场催泪戏之后,爱就开始扭曲。以爱之名杀人及自杀灭口这样的逻辑到底是在歌颂爱还是质疑爱呢?这部电影的破案悬疑气质一度让我躲在早晨空无一人的健身房,完全沉浸在黑暗的角落,耳边是健身房动感的音乐,眼前是故事的燃,情绪内里却是被渲染得满溢的泪。电影落幕了,我开始怀疑我的泪是否值得,因为这爱看着看着就变味了。强烈地将自己燃烧至尽,为了儿女牺牲一切的那种变态的爱,或许只存在于故事里。在是枝裕和的电影里看多了阿部宽,那个隐忍沉默的高个子男人,在这部电影里当起刑警也有范儿,只是他说起自己十几岁时母亲离家出走至客死他乡,他那难以挥散的恋母情结稍稍让我有点出戏。另外,浅居博美的房间那面血染一般红得彻底的墙是印象中最美的。

● 《风中有朵雨做的云》 娄烨 (中国)

　　《推拿》之后,我就再看不懂娄烨了。这部有点内容为形式服务的嫌疑。为了配合他的影像特质,手持晃动、非常规构图、虚焦等,娄烨将故事讲得支离破碎,人物动机缺乏说服力,总是还没有进入人物内心,就立即转场。不过是一场游戏一场梦,这游戏玩过了。小诺坐在夜晚的大街上，粉色假发，脸部特写，压抑的爱，湿润的眼睛，回头一瞥，这段还是情真意切的。我大概也只记得这段。有时候，人物和故事太多，反而会不知从哪里打开那个深入的洞口。或许跟经历有关，但人老了，经历多了，却也不年轻了，只能找年轻演员来演，所以我们多给他们一些包容。

● **《我们》** 乔丹·皮尔 （美国）

恐怖片是观影口味的调节剂。这部电影的恐怖感不如《逃出绝命镇》，或许是概念设定不对我胃口，不像《逃出绝命镇》那样让人倒吸一口凉气。虽然看《我们》时刻都在分析隐喻和解构剧情，但那些被关在地下的"我们"其实也是一种人类社会（尤其以美国为代表的发达文明）阴暗面在工业化发酵下的怪物，这层恐怖意义还是让人不寒而栗的。

● **《高个儿》** 康捷米尔·巴拉戈夫 （俄罗斯）

在这个萧瑟的秋天，拉起窗帘独自看一部俄罗斯油画般的电影《高个儿》，犹如有人钟爱在寒冬腊月裹上棉被捧一杯热茶读苏联小说一样，有着对季节的服帖感。旧俄小说字里行间都能感受到哈出的白气，像托尔斯泰笔下的《安娜·卡列尼娜》一样，在凛冽寒风中也催生出生命悲情的底色。旧俄小说的大块头、厚重和悲剧色彩成为人们谈论俄罗斯文学的一种标签式倾向。这也弥漫在俄罗斯诸多电影创作领域。那些在电影史上留名的苏联影人，为俄罗斯新电影势力奠定了坚实的基础。默片时代，爱森斯坦、普多夫金等人开启了电影理论的辉煌，蒙太奇理论自此诞生，并影响一代又一代的电影人。安德烈·塔可夫斯基诗意般的镜头如同一位深沉智者的眼睛，穿梭于错综复杂、意义多元的影像元素之间，严肃探讨人类命运和人的存在。在深沉、克制、诗意般的电影语言之下，俄罗斯电影对于爱情的探索已然退化为一种并非母题般的赫然存在。它与其他主题并行，并潜藏于其他更加宏大的主题之下，让位于存在主义的哲学探讨。康捷米尔·巴拉戈夫是一位年轻的导演，28岁执导的这部《高个儿》已经是他第二部长篇电影。他入围第72届戛纳国际电影节"一种关注"单元，并摘得最佳导演奖。这部电影并不好看懂，主角们所处的边缘状态很难让观众代入，甚至让人难以理解。那是刚刚经历二战后的那年秋冬，两个女主，分别经历了战时不同程度和维度的创伤，却抱团取暖，将命运紧紧缠绕，共同面对这个世界。她们经历了从妥协、裹挟、无奈、抵抗到最终找到一种自处与共处方式。这个过程异常痛苦。显然让一位28岁的导演驾驭这种题材，似乎有些不能承受之重。然而他对于镜头语言的运用却让人印象深刻。无论构图还是配色，都有着油画般的质地，这又反哺了两个女主的性格塑造，同时也让情节肌理饱满许多。

● 《同义词》 那达夫·拉皮德 （法国）

"同义词"这个名词具有一种内里的双向性。说起同义词，我们必然想到A和B才能构成一组同义词。它本身包含着A与B的复线叙事。所以在这部让人观感不爽的电影里，A与B是什么呢？或者说A是什么呢？因为我们往往能在A的基础上很容易说出它的同义词，但必须知道A，即原词的本质性或是一种存在主义式的追问。但在这部电影里，存在成为一个摇摇欲坠的梦，是男主身份虚无缥缈的谶语。约亚夫努力地想要成为一名法国人，他以为忘记母语，只用他们的语言就成了法国人，成为那个幻想中自由民主国度里的公民。然而他只是这个政治谎言中的一颗棋子，甚至都不是，只是一粒随即消失的尘埃。他赤身裸体地将自己作为一个政治隐喻的符号交付给理想，然而最后这个理想用讽刺的回馈方式将他严严实实堵在门外。所以A和B是什么呢？法国–以色列？约亚夫所说出的每一个词的以色列语和法语的交叉互指？我不知道。

● 《大象席地而坐》 胡波 （中国）

　　有些电影有种强大的气场和魔力，比如《大象席地而坐》。隔了很久，偶然在一张纸上看到我当时看完后写下的字，心情却被一下子拉回了电影里，那种久久不散的、灰暗的、令人痛苦的生活，即使有那只席地而坐的大象，又有什么用呢？那是一系列的盘问，我试图问出些意义，但终究什么也没有。席地而坐的大象可以被别的东西替代吗？大量虚焦的主角特写和心理特征是在某种程度上背弃了理性吗？与《索尔之子》的类似之处？最后长镜头的意义？过分主观的存在主义困惑？被存在裹挟真的别无选择吗？谁造成了他们/我们的困境？谨以此纪念这位年轻的导演。

● 《我离家了，但……》 安格拉·夏娜莱克 （德国）

这部电影很容易让人联想到日本文艺导演(小津、是枝裕和)和电影，莎士比亚和《哈姆雷特》、布莱希特和离间效果，以及本雅明的震惊理论和光韵艺术。它太慢了，甚至有着观影最忌讳的阻滞感，通过静止、摆位、结构性互文、戏剧站位、割断的情绪来做标点，让观众对日常生活产生陌生感、疏离感，让整个电影的内部情绪流动有着意识流般的散射效果。人与自然的融合是生硬且尴尬的，从现代文明的荒原投入自然腐烂的枯叶中，没有理由。人物的行为充满荒诞，尤其那个卖自行车的老人从裤兜里掏出的喉咙发声器，让人忍不住想笑。这的确与日本电影中的某些禅定有异曲同工之处：已经发生的就让它发生、存在，呈现事物本来的样子，而无须解释。这是导演眼中现代柏林人的生活和精神状态，它们与她的影像一样，是断裂的，甚至是躁郁的、歇斯底里的。导演按照她的理解给出了出路，即人需要回归自然，回归最初的自然的光晕，变成一片叶子，一朵云，一棵草，一滴雨，然后人就能暂时获得内心的平和，但人在此刻却变得更加突兀，像女主趴在那块巨石上，融合变得触目惊心。反而背着妹妹一步步涉水走向丛林深处的哥哥，更具有本雅明所谓的自然的"光韵"。

● 《蜂蜜之地》 塔玛拉·科特夫斯卡 （北马其顿）

在人与自然关系崩坏的今天，《蜂蜜之地》似乎是一种隐喻，一种返璞归真的古老寓言。哈蒂兹喜欢穿明黄的衣服和花裙子，也喜欢染头发，包彩色头巾，喜欢给八十五岁的妈妈吃香蕉、喝蜂蜜和牛奶，想要有个孩子，敢与邻居争吵，却也会默默为死去的蜜蜂流泪。她更像是一个大自然派来人间的使者，总是用行动和言辞教会别人如何与自然相处，如何可持续发展。

● 《秋天的故事》 埃里克·侯麦 （法国）

女主在她的葡萄成熟后收获了爱情，而在这之前她先收获了友谊。但都只是一种导向，并不具有确定性，这也是侯麦一贯对待生活的态度。人物关系是流动性的，人们享受或反感对确定性的挑逗，总体来说，老一辈法国人还是不及年轻一代具有冒险和先锋精神。看着罗欣在看似荒谬的关系里游走，那似乎是对我们循规蹈矩生活的一种嘲讽。侯麦在看似平静的生活之下，埋着一颗随时可能被踩爆的雷，无论你说他们玩火也好，走钢丝也好，这不正是生活的好玩之处吗？

● 《阳光普照》 钟孟宏 （中国台湾）

钟孟宏把残酷和血淋淋的现实拍得有了几分禅宗的味道。当阿豪跳楼，似乎是莫名其妙地横亘在家人面前的一片苦海，然而似乎也就那样蹚过了。当阿和入狱，似乎对于平凡家庭也是致命一击，但也就那样出狱了。只是父亲阿文在失去完美的大儿子之后，重新学着接纳了二儿子，并为其拼尽全力，这种人生姿态是让人敬仰的。当电影结尾，他跟妻子徒步到山顶，看着美景，说出真相，抛下一片苦涩，观众忍着泪水接住。但这一切都这样自然而然地发生了,在一股生活的平静之下,静水深流。一种娓娓道来,甚至不动声色的静流,实则蕴含更大的能量和悠远的韵味。仅就这一部而言,它越来越携带了日本电影的基因,就连结尾的处理都带着是枝裕和《比海更深》和《步履不停》里的禅味。在是枝裕和这类有着"日常生活况味"的"小"电影里,往往是走向更深刻、更宏大的内里,像在放大镜之下在皮肤上切了一个小口,深入进去,骨骼、肌肉、神经全可窥见。

后 记

  吉光，是古代神话中的神兽；片羽，是一片羽毛。这本书取名为"吉光片羽"是因为它是我过去十年庸碌生命中残存的珍贵"文物"。

  电影在这时间的涤荡中，将世间的相和生命百态转换为浓缩的光影，在时间、空间和观影人的不断变幻中，唯影像不变。而我，作为无数影迷中的一个，只想在一次次的观影中将自我"抹去"，留下无形的灵魂和坚定的思想，与影像本身合而为一。

  如同《我的天才女友》中，莉拉对于"抹去"感的描述，她说这更像一种"界限消失"，是一种超验空间的显现。即事物原本的形式和内容、外延和内涵都失去了界限，至少是开始变形，至多则是这个世界开始四分五裂、分崩离析。不仅是事物，人也一样，人被事物吞噬，但是出于一种自愿消失的融合，从而使自我存在感弱化、消失，"彻底抹去"。

  看电影对于我来说，也发挥着这种让自我主体"抹去"的功效。当我完全被电影影像俘获，我与电影的看与被看的主客体关系也随之被消解，"我"逐渐消失，不被注意，进而找准机会进入电影之中，成为电影中的人物，但也不完全"成为"，而是悬浮于电影所塑造的结构复杂的宫殿中窥视、潜伏或"成为"。所以，经历过与电影的精神融汇之后，当主体"我"逐渐显影，想要回归现实，将"抹去"的东西重构之时，却遭遇了一些困难。走在川流不息的街道上，我仿佛一具来自电影内部的行尸走肉，不但不能从这个世界"抹去"，反而成为一具放大的"自我"怪兽。"抹去"和"放大"是我与电影关系的一种极致关系的描绘，但不失真。

正如王安忆所写："莉拉彻底'抹去'之后，莱农收到一个邮包，里面是幼年时候，两人丢在地下室里的娃娃。时间的蝉蜕，或者幽灵，从'呼啸山庄'的坟墓出来，吓着小牧羊人，千禧年里，则是儿童玩具，通过现代邮政的通道，邂逅了。"在每一部我所写过的电影中，被"抹去"主体的我，以灵魂出窍的姿态与人物、光影、情节、对白、结构这些时间的"蝉蜕"或者"幽灵"邂逅了。

何田田

2022 年 11 月